故事HOME 4

小丑爺爺的紅鼻子

編輯序

當孩子不愛讀書……

慈濟傳播人文志業出版部

親師座談會上，一位媽媽感嘆說：「我的孩子其實很聰明，就是不愛讀書，不知道該怎麼辦才好？」另一位媽媽立刻附和，「就是呀！明明玩遊戲時生龍活虎，一叫他讀書就兩眼無神，迷迷糊糊。」

「孩子不愛讀書」，似乎成爲許多爲人父母者心裡的痛，尤其看到孩子的學業成績落入末段班時，父母更是心急如焚，亟盼速速求得「能讓孩子愛讀書」的錦囊。

當然，讀書不只是為了狹隘的學業成績；而是因為，小朋友若是喜歡閱讀，可以從書本中接觸到更廣闊及多姿多采的世界。

問題是：家長該如何讓小朋友喜歡閱讀呢？

專家告訴我們：孩子最早的學習場所是「家庭」。家庭成員的一言一行，尤其是父母的觀念、態度和作為，就是孩子學習的典範，深深影響孩子的習慣和人格。

因此，當父母抱怨孩子不愛讀書時，是否想過——

「我愛讀書、常讀書嗎？」

「我的家庭有良好的讀書氣氛嗎？」

「我常陪孩子讀書、爲孩子講故事嗎？」

雖然讀書是孩子自己的事，但是，要培養孩子的閱讀習慣，並不是將書丟給孩子就行。書沒有界限，大人首先要做好榜樣，陪伴孩子讀書，營造良好的讀書氛圍；而且必須先從他最喜歡的書開始閱讀，才能激發孩子的讀書興趣。

根據研究，最受小朋友喜愛的書，就是「故事書」。而且，孩子需要聽過一千個故事後，才能學會自己看書；換句話說，孩子在上學後才開始閱讀便已嫌遲。

美國前總統柯林頓和夫人希拉蕊，每天在孩子睡覺前，一定會輪流摟著孩子，爲孩子讀故事，享受親子一起讀書的樂趣。他們說，他們從小就聽父母說故事、讀故事，那些故事不但有趣，而且很有意義；所以，他們從故事裡得到許多啓發。

希拉蕊更進而發起一項全國性的運動，呼籲全美的小兒科醫生，在給兒童的處方中，建議父母「每天爲孩子讀故事」。

爲了孩子能夠健康、快樂成長，世界上許多國家領袖，也都熱中於「爲孩子說故事」。

其實，自有人類語言產生後，就有「故事」流傳，述說著人類的經驗和歷史。

故事反映生活，提供無限的思考空間；對於生活經驗有限的小朋友而言，通過故事可以豐富他們的生活體驗。一則一則故事的累積就是生活智慧的累積，可以幫助孩子對生活經驗進行整理和反省。

透過他人及不同世界的故事，還可以幫助孩子瞭解自己、瞭解世界以及個人與世界之間的關係，更進一步去思索「我是誰」以及生命中各種事物的意義所在。

所以，有故事伴隨長大的孩子，想像力豐富，親子關係良好，比較懂得獨立思考，不易受外在環境的不良影響。

許許多多例證和科學研究，都肯定故事對於孩子的心智成長、語言發展和人際關係，具有既深且廣的正面影響。

爲了讓現代的父母，在忙碌之餘，也能夠輕鬆與孩子們分享故事，我們特別編撰了「故事home」一系列有意義的小故事；其中有生活的眞實故事，也有寓言故事；有感性，也有知性。預計每兩個月出版一本，希望孩子們能夠藉著聆聽父母的分享或自己閱讀，感受不同的生命經驗。

從現在開始，只要您堅持每天不管多忙，都要撥出十五分鐘，摟著孩子，爲孩子讀一個故事，或是和孩子一起閱讀、一起討論，孩子就會不知不覺走入書的世界，探索書中的寶藏。

親愛的家長，孩子的成長不能等待；在孩子的生命成長歷程中，如果有某一階段，父母來不及參與，它將永遠留白，造成人生的些許遺憾——這決不是您所樂見的。

目錄

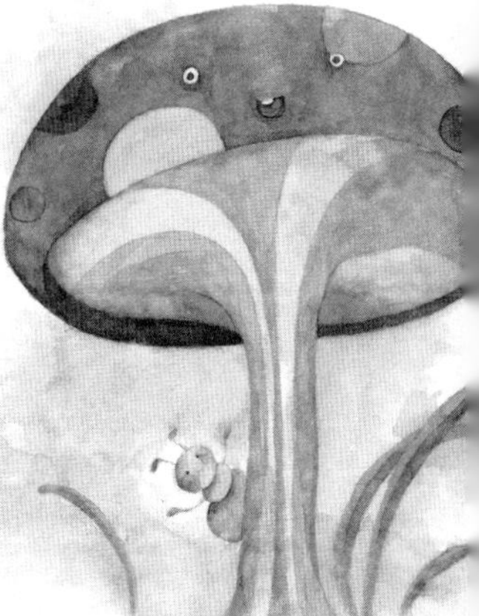

刺蝟小毛找爸爸

——曾美慧

太陽才剛剛伸懶腰，慢慢地、一根一根地梳著他的金色髮辮，刺蝟爸爸已經開始整隊出發。

今天刺蝟媽媽感冒，換爸爸帶隊晨跑。

「大毛、二毛、三毛、四毛、小毛！」五隻小刺蝟排成縱隊報數，跟在刺蝟爸爸的屁股後面，齊步走！

草地上的露珠尚未被太陽收回，刺蝟一家人在清涼的草地上做運動。刺蝟爸爸喊口號：

「縮頭、縮尾、縮成一球滾圈圈。左三圈、右三圈、甩甩露珠轉一圈。」

每次小毛轉完圈圈後，瞌睡蟲也隨著圈圈甩掉了，變得精神百倍、活力充沛。他蹦蹦跳跳到爸爸面前：「爸爸，我們來玩捉迷藏。」

大家高興地點頭答應。猜拳之後，最後是由小毛當鬼。

「我要開始數囉！一、二……」大家馬上一哄而散。只留小

毛還在計數：「七、八、九、十，好了。都躲好了吧？」

大家都到哪裡去了呢？小毛走了好遠，卻還是沒看見任何人。

「咦？草堆有一個發亮的東西。嘻……是不是爸爸的背呢？不是。好像一個殼，耶！一定是爸爸藏在殼裡。」

ㄎㄡ！ㄎㄡ！ㄎㄡ！有人在家嗎？小毛敲敲圓殼，高興地大喊：「爸爸！」

圓殼伸出兩個小小觸角，兩個人同時嚇了一跳。

哇！小毛大叫一聲，全身像向日葵花瓣一樣展開來。

「什麼ㄆㄚㄆㄚ？我才怕怕呢！」蝸牛嚇得全身發抖：「請你不要吃我。」

小毛一點都不想吃蝸牛，他只想找到爸爸。找呀找，從東邊走到西邊，從南邊走到北邊，還是找不到。這一次捉迷藏，大家真會藏；「下次我絕對不當鬼！」小毛邊走邊發牢騷。

太陽已經爬到天空的正中央，烈日當頭，小毛覺得口乾舌燥，於是往河岸走去。走到河邊，他的眼睛突然一亮，看見有個

圓圓背浮在水面。嘻……爸爸一定是因為太熱，所以躲在水裡。

小毛跳上圓圓背後，大喊：「爸爸！」那個背浮上來，連頭也抬了起來。

哇！小毛大叫一聲，全身像向日葵花瓣一樣展開來。

「什麼ㄉㄚㄉㄚ？你這個毛頭小子竟想到我背上大大？」壞脾氣的鱷魚大吼：「你想大便？你吃了熊心豹子膽嗎？」

小毛慌慌張張地跳下鱷魚背，緊張得開始掉眼淚。爸爸和哥哥們都到哪兒去呢？小毛縮成一粒球，嗚嗚咽咽地哭泣。哭了好

久好久，午後的微風輕輕地安慰他，讓他不知不覺睡著了。

太陽都下山了，整片天空被太陽的紅披風給染紅了；現在，是豪豬達達的散步時間。迎著微風散步，那兒聽一聽，這兒看一看；忽然，腳邊踢到一顆小石頭。令人驚訝的是，小石頭竟然會說「哎喲！」

豪豬達達趕緊後退，豎起了全身像

菊花瓣的尖毛。

小毛一睜開眼睛，看見像盛開花朵般的豪豬達達，以為是爸爸，便嗚咽地叫：「爸爸！」

「咦？你知道我的名字？」達達收起了全身的尖毛，開心地說：「沒錯。我就是豪豬達達。」

小毛疑惑地說：「好豬爸爸？爸爸！」

「不是！不是爸爸！」達達終於知道小毛誤會了。「我是豪豬達達。」

「好豬爸爸！一個人，怕怕。」

「不怕！不怕！有達達在，你不用怕。」豪豬達達又豎起全身像菊花瓣的尖毛。「你瞧！我有尖毛，誰都不敢欺負你！」

小毛一看見像盛開花朵般的豪豬達達，開心地爬上達達的額頭：「好豬爸爸，一個人傷心，想回家。」

「一個人？想回家啊？別傷心！達達送你回家。」

當豪豬達達將小毛送回家，暮色已深。刺蝟爸爸掛著兩行眼淚，說：「豪豬達達，真是非非非常常常感謝您、感謝您非常非常……」刺蝟爸爸太感動了，感動得語無倫次。

而且，刺蝟爸爸和豪豬達達一見如故，便結拜為兄弟。豪豬達達變成刺蝟小毛的乾爸爸。

不過，小毛總是衝著他的豪豬乾爸爸喊：「ㄏㄡㄉㄚㄉㄚ。」沒關係，對豪豬達達而言，「好豬爸爸」也好，「ㄏㄡㄉㄚㄉㄚ」也不錯；反正，當「爸爸」挺美好的。

給小朋友的貼心話

小朋友，你曾經迷路嗎？是否因得到他人的幫助而安心呢？只要願意關心他人，你也可以做個讓人安心的人喔！

魔女哈碧的笑聲糖塊

——曾美慧

百年一度的黑風島魔女大選剩下倒數三天。

魔女哈碧騎著她的坐騎「飛天貓」在魔法界亂飛亂竄，著急得好似屁股夾著火把，卻找不著水澆熄的模樣。

也難怪哈碧這麼心急如焚；剩下三天，她的法寶連個影兒都還沒有看見。

想成為魔法界第一把交椅，必須在黑風島魔女大選奪魁；想在黑風島魔女大選奪魁，一定要發明一項新法寶。

法寶，是魔法界得以生生不息的命脈。試想，若非第一屆的黑風島魔女得主發明了「詛咒泉」，現在的魔女們哪裡曉得咒語是怎麼回事？比如說，如果沒有「飛行咒語」（詛咒泉其中一滴），魔女們的飛行能力

恐怕要像他們的老祖先一樣，得修行十年才會飛行。

可是，發明新法寶對魔女們而言，一屆比一屆困難。黑風島魔女大選已經歷了三千年的歷史，黑風島該有的法寶早已經應有盡有，例如無知書、詛咒泉、貪心水、驕傲膏、毒舌派、固執石、憤怒雷、名利山、嫉妒火……。所謂「登天容易，成仙難」，告訴你，發明新法寶真的比成仙還難。

黑風島大約有一千五百年沒有新法寶出現了；從第十五屆開始，當選的魔女不過是在舊有的法寶裡再添新花樣罷了。

哈碧不想跟隨前人的腳步，她想求新求變，創造出新法寶，而且是獨一無二的法寶。

她嘰咕哩嚕嘰咕哩嚕地念著飛行咒語，再度衝破魔法界與人間的隱形牆，來到熱鬧的城市。為了新法寶，哈碧已經在魔法界與人間來來回回三百六十五趟。她發現，人們的劣根性早已經被魔法界摸透了；該如何讓人們軟弱、自私或貪婪的法寶，通通都記載在《魔法百科全書》裡。

「好吧！我用最笨的方法——問人。」只是，問誰好呢？

「人家常說，小孩尚未被世界污染，是最有想像力的人類；或許可以從他們身上找到新法寶。」

前面正好走來一個小男孩，哈碧便問他：「如果你有魔法，你最想要什麼？」

男孩馬上回答：「我要賺大錢，當億萬富翁！」

「賺大錢，等於『貪心水』，已經有了。」哈碧喃喃自語，腦筋飛快地換算人間與魔法界的「差值」。搖了搖頭，又去問一位小女孩，「如果你有魔法，你最想要什麼？」

女孩笑說：「我要當大總統。」

哈碧再度喃喃自語，腦筋飛快地換算：「大總統，等於『貪心水＋無知書＋腐敗菌＋霸道丸』，這樣就差不多了。」

哈碧幾乎問遍了城市裡的小孩，他們的夢想大都只要幾滴「貪心水」或幾顆「霸道丸」就能解決，根本製造不出新法寶。

「唉！乾脆趕回去煉製宇宙無敵超猛貪心水算了，也許我的祕密配方能夠勝過其他人。」心灰意冷的她，正要念咒語起飛的瞬間，瞥見巷口有位小男孩坐在小板凳上，一口又一口吃著爸爸餵他的綠豆湯；臉上好滿足、好開心的笑容，讓哈碧不由得嘴角也跟著上揚。

真希望他永遠能這麼滿足、開心地笑——哈碧心裡才剛閃過這個念頭，「開心地笑、開心地笑，開心、開心……，嗯？」

哈碧靈光一閃，腦子突然有一個燈泡亮了。

是的，人間跟黑風島其實沒什麼兩樣，唯一的差別就是人間有快樂的笑聲。就是它！從來沒有一個魔女發明笑聲法寶；「我怎麼這麼聰明，讓我找到世界獨一無二的法寶！哈哈哈……」

於是，哈碧把人間快樂的笑聲全部收集起來，人間頓時成為死城一般了無生氣。在大選倒數前一小時，哈碧終於精煉完成如蜂窩般的「笑聲糖塊」。她興奮地跨上坐騎飛天貓，穿過魔法界與人間的隱形牆，意外卻發生了……

當笑聲糖塊一通過隱形牆，便瞬間融掉了；融化的笑聲，又穿過隱形牆重回人間。

幸好，人們還有一樣法寶是魔女們奪不走的；否則，如果連笑聲都被魔女控制，人們還有什麼東西是真實擁有的呢？感謝那道隱形牆，保護了人們最後、也是最珍貴的法寶。

給小朋友的貼心話

好險喔！幸好笑聲沒被魔女奪走；要不然，我們可能就不能自然且自在地歡笑了。

小朋友，好好運用這個你也有的法寶，跟世界一起分享你的歡喜吧！

小丑爺爺的紅鼻子

——曾美慧

小丑爺爺的笑聲魔法失靈了。

昨天之前，小丑爺爺還是馬戲團的開心果，只要舞台燈光亮起，照上他的臉，觀眾就忍不住想笑。你瞧，他一對星星形狀的眼睛閃閃發亮，白白的臉蛋浮出一條又肥又大的香腸嘴巴，彎彎的弧線隨時吐出令人捧腹大笑的話；還有那個又大又圓又毛絨絨的紅鼻子，即使再嚴肅的人，一看到他的紅鼻子，也會卸下硬邦邦的面具；愛哭的小孩看見他的紅鼻子在眼前扭動，眼淚便會倏地止住，忍不住伸出手來捏捏小丑的鼻子。

是的！紅鼻子是小丑爺爺逗觀眾開心的法寶。小丑爺爺常常拿紅鼻子大作文章：表演擤鼻涕時不小心扭斷了鼻子，有時候假裝飛來一隻小蟲，擠眉弄眼地趕走鼻上的不速之客；有時候把紅鼻子當成球，甚至變成一顆紅氣球……。隨著他的一舉手、一投足，觀眾們開心得肚子都笑痛了。

動作靈活得像隻猴子的小丑爺爺，令人怎麼猜也猜不到，卸妝後的他，已經是一個頭髮斑白的七十歲老頭子，而且是一個害羞、講話結結巴巴，只會對人傻笑的老爺爺。不過，只要戴上那顆又大又圓又毛絨絨的紅鼻子，就好像啟動了歡笑魔法的開關。小丑爺爺曾說：「我的紅鼻子裡藏有歡笑魔法！」看來一點都不假，那果真是一顆神奇的紅鼻子啊！

是哪一個神仙送給小丑爺爺的呢？還是小丑爺爺拿什麼寶貝和大法師交換的禮物？再靠近些仔細看清楚，神奇的紅鼻子不過是一顆編織得相當結實的毛線球；不但褪了顏色，還起了毛球，一看就知道跟在小丑爺爺身邊好久好久了。

有人問他：「你不想換個新鼻子嗎？」

小丑爺爺結結巴巴地說：「不……不行！換了……換了鼻子，我連個笑聲屁……都放不出來了。」

「真有這麼嚴重？」

「真的！」小丑爺爺猛點頭。

昨天晚上，小丑爺爺的歡笑魔法失靈了。節目正精彩，小丑爺爺的紅鼻子卻突然脫線散掉了；瞬間，魔法解除，只剩一個老頭子呆呆地站在舞台中央，又肥又大的香腸嘴巴吐不出一句話。觀眾還以為那是小丑的新把戲：紅鼻子垮了，鼻頭上拖著長長的紅毛線，看起來既笨又呆。笑聲像洶湧的海浪狂打著舞台中央的可憐老頭子，沒有人發現，小丑臉上的妝有兩條髒汙的淚痕。

今天一早，小丑爺爺來到鎮上的一家療養院，這兒住著許多失去記憶的老人，其中一位老太太就是小丑爺爺的妻子。

以前，小丑爺爺一定戴著紅鼻子來探望他的妻子。有了紅鼻子，安靜的療養院也會傳來熱鬧的笑聲；有了紅鼻子，小丑爺爺的妻子偶爾會想起一、兩段他們年輕時的故事，有些故事連小丑爺爺也不記得了。

「有一次，我想把你的鼻子變顏色，可是你不要，你說紅色是代表愛呢！」老奶奶說。小丑爺爺臉紅了，他不記得自己曾經說過這麼令人害羞的話。

最近，老奶奶越來越想不起來從前的點點滴滴，連小丑爺爺是誰都不記得了。只有小丑爺爺當著她的面戴起紅鼻子，握著她的手碰碰紅鼻子，她才會露出似曾相識的微笑。

「老伴，妳送我的紅鼻子散了呢！」小丑爺爺對著正望著窗外的妻子說話：「恐怕妳再也不能給我一個新的勇氣鼻子了。」

老太太的眼神像進入幽暗的隧道迷宮一般，無法走出來。小丑爺爺握住妻子的手，指自己的塌鼻子說：「我是紅鼻子小丑，還記得我嗎？」老奶奶面無表情，小丑爺爺的嘴角也塌了……

護理長捧著一個紙盒子進來，「小丑爺爺，這是奶奶說要送您的禮物。」

「禮物？」當小丑爺爺打開一看，鼻頭馬上紅了，連眼睛也紅了。

「我看您今天來，不像往常那樣戴著紅鼻子逗大家笑；心想，還是戴紅鼻子的爺爺可愛，才想起來奶奶曾經交代的禮物……」護理長輕聲說：「大約兩年前，奶奶跟我要毛線；她說，要趁她還沒忘記前，把『勇氣』鉤好送給您。」

盒子裡是一堆滿滿的紅鼻子，跟五十年前妻子送他的第一個「勇氣鼻子」一模一樣，鼓勵著怯懦的他，勇於跨出舞台的布幕，將歡笑散播給觀眾。

爺爺戴上簇新的紅鼻子，緊緊擁抱露出似曾相識笑容的老伴。啊！一點都不假，那果真是一顆神奇的紅鼻子！

給小朋友的貼心話

小朋友，你有沒有這麼一顆「紅鼻子」呢？關懷與鼓勵可以帶給人勇氣，你也可以為自己及你所關心的人編織充滿勇氣的「紅鼻子」喔！

森林裡的聖誕節

——曾美慧

十二月一日的午夜，北極的聖誕老人總部接到了一封信；北極聖誕老人開心地說：「才剛過十二月，馬上就收到小朋友要聖誕禮物的信呢！」

沒想到，打開信一看，信上寫著：「為什麼我們沒有聖誕節？」長長的信件蓋滿了動物們的腳印；原來，這是森林動物們的連署簽名信。

心腸像海綿蛋糕一樣軟、一樣甜的北極聖誕老人，馬上決定甄選森林的聖誕老人，也就是世界上第三百六十五個領有聖誕執照的聖誕老人分部。森林裡有愛心的或想出風頭的爸爸媽媽們，都跑來報名了。

北極聖誕老人親自當主考官。他抱著吸奶嘴的黑猩猩寶寶，害羞的黑猩猩寶寶看到一群動物圍著他，小臉蛋已經皺了起來。北極聖誕老人宣布：「各位未來的聖誕老人，如果你們能夠讓黑猩猩寶寶對你報以微笑，馬上可以進入複賽。」

獅子尤力第一個上場。他輕輕地抱起黑猩猩寶寶，露出他閃閃發亮的尖牙，還沒來得及呵呵笑，黑猩猩寶寶的眉頭、眼睛已皺成一團，哇哇大哭了起來。獅子尤力第一個被淘汰出局。

螞蟻兵團發動呵癢攻勢，齊聲喊著：「啊——姆姆滴、姆姆滴……」黑猩猩寶寶一聽到呵癢歌「姆姆滴」，便開心地扭個不停。螞蟻兵團率先進入複賽。

袋鼠媽媽則讓黑猩猩寶寶坐在肚袋裡，一蹦一跳、忽高忽低，黑猩猩寶寶也呵呵呵呵地笑個不停。當然，袋鼠媽媽也挑戰成功。

可是，已經玩睏了的黑猩猩寶寶脾氣開始拗了起來，害得山羊、野馬連續被淘汰出局。但這難不倒熊爸爸。他把黑猩猩寶寶抱在懷裡，拿出一本圖畫書，溫柔地說故事給他聽；黑猩猩寶寶對熊爸爸甜甜一笑後，滿足地睡著了。熊爸爸過關！

接著進入複賽，北極聖誕老人出第二道題：「這裡有十件禮物，請你們將禮物安全地送到小朋友手上。」

袋鼠媽媽在第二道題就敗北了。原來，她總是每送三份禮物，就偷偷藏了一份禮物在肚袋裡，送給自己的小孩。而好奇心重的猴子，則是忍不住在半路上把每一份禮物拆開來看，好奇裡面到底裝了什麼東西。

驢子只想嘗嘗拉雪橇的滋味，不僅超速翻車，還忘了要送禮物。嘴饞的老鼠鼻子靈，一聞到禮物裡有好吃的東西，禮物當場煙消雲散。河馬是個大近視，把狐狸妹妹錯看成野狼弟弟。大象有懼高症，不敢過橋……。一關又一關，淘汰又淘汰，最後只剩下螞蟻兵團、熊爸爸和山豬媽媽進入決賽。

北極聖誕老人揉揉紅通通的鼻子說：「最後一道題目是，請你們自行準備一份聖誕禮物決勝負。」

真是傷腦筋呀！如果你是聖誕老人，你會準備什麼禮物送給什麼人呢？

熊爸爸認為，聖誕節是小孩子討禮物的節日，送給所有森林的小孩們都喜歡的禮物——玩具，一定是「真正」的聖誕禮物。

山豬媽媽認為，聖誕節是全家團聚熱鬧的節日，她做了好大一桌色香味俱全的聖誕大餐，邀請所有森林的大人們和孩子們一起享用。

螞蟻兵團則是忙碌地在森林裡穿梭，每一隻螞蟻扛著一粒種子出現在會場。他們大聲說：「這是我們送給森林的聖誕禮物。」

你猜誰
當選了森林
的聖誕老人
呢？

假如你
在森林裡看
到一群穿紅
衣、戴紅帽
的小小小聖

誕老人，請讓個路；他們正忙著送聖誕禮物，希望森林的每個角落不再光禿禿，能夠長出大樹來。

給小朋友的貼心話

小朋友，你收過聖誕禮物嗎？那是不是你所需要的呢？想想看，為什麼小螞蟻們能成為森林的聖誕老人呢？

冬冬沒了電腦

——米琪

這個星期以來，冬冬老覺得姊姊不對勁。以前每天必定準時收看韓劇，而且一定看得一把鼻涕、一把眼淚的她，最近都不看了，卻還是經常偷偷掉淚。

這天，又見睡到中午才起床的姊姊兩眼腫得像核桃似的。冬冬忽然想起：「對喔，已經好幾個晚上沒接到找姊姊的電話了，該不會是……」

晚上，冬冬到姊姊房裡，好心地提醒她說：「姊，韓劇開始了耶，妳不看啊？」

「他說，他是因為愛我，所以才要離開我……」姊姊莫名其妙地自言自語起來。

「因為……所以……」儘管冬冬覺得這句話很怪，卻也找不出哪裡有問題。「唉呀！雖然他離開妳，但是他愛妳啊！」冬冬乾脆也造個句子來安慰姊姊。

「可是沒有他，我就活不下去了……」

「不會吧？妳以前還沒認識他的時候，是怎麼活下來的？」

冬冬這句話，頓時讓兩眼無神的姊姊突然眨了眨眼睛。過了半晌，姊姊轉過身來抱住冬冬，並熱情地親吻他的臉頰說：「好樣的，你真是我的心靈導師啊！」

隔天，冬冬放學回來，看見哥哥正在苦苦哀求媽媽。原來，他的手機費用一直居高不下，今天媽媽又收到賬單，發現費用再創新高，於是決定沒收他的手機。

「媽！同學都有手機，沒有手機很不方便耶！」

「出門時多帶點銅板，買張電話卡也行，公共電話到處都有！」

「我們可以換成網內互打免付費的那家通訊公司，就可以便宜很多很多了！」

「少來，不要講便宜最多！」

「不行啦！沒有手機怎麼活？」

「像我這樣活啊！我就沒有，還不是活得好好的！」冬冬從媽媽和哥哥的戰場經過，幸災樂禍地丟了這麼一句。

又過了一天，媽媽一進門，聽見冬冬房裡傳來震天價響的電

玩聲，立刻殺進房裡，「不准玩了！」媽媽火冒三丈地說：「我剛剛碰到你們老師，她說你最近考了好幾次不及格！怎麼回事？考卷怎麼都沒給我看？」

「我……忘了……」

「忘了？玩電動怎麼不會忘！我看你是玩瘋了，不做功課，也不念書了！」

「我……有啊……」

「有？有打電動啦有！從現在

起，不准玩電動了，給我好好讀書！」

「媽！拜託啦！不玩電動怎麼活啊？」

姊姊和哥哥早就在一旁看熱鬧，哥哥更逮住這個機會報仇，幸災樂禍地說：「像我這樣活啊！我每天忙得沒時

間打電動，還不是活得好好的！」

姊姊則是過來安慰他：「就是啊！沒買電腦之前，你還不是活得滿好的！」她溫柔地捧起冬冬頹喪的臉，打氣地說：「好樣的，堅強一點，就算沒有電腦，還是可以快樂地生活唷！」

給小朋友的貼心話

小朋友，世界上還有很多人沒有電腦、沒有手機，你的身邊一定也有這樣的人，你覺得他們快樂嗎？

常常使用某種東西會變成一種習慣，不使用也會習慣，不是嗎？如果你一直有依賴某種東西的習慣，請你偶爾試著不去用它，觀察看看有什麼影響？

顏顏的新老師

——米琪

「媽！我要遲到了啦！妳再不快點，我就自己去上學囉！」顏顏著急地催促媽媽。她本來可以自己上學去的，媽媽偏要送她，卻又化妝了老半天。

「就好了啦！今天是新學期開學第一天，我一定要去跟你們

新老師打聲招呼；他知道妳爸是立法委員，就會特別照顧妳啊！傻孩子！」急急穿上高跟鞋後，媽媽就帶著顏顏出門了。

電梯一層樓一層樓地慢慢升上來，在這趕時間的當兒，格外教人不耐煩。好不容易電梯到了，門一打開，一陣惡臭撲鼻而來。「對不起！對不起！」電梯裡，收垃圾的年輕人拉著兩、三大袋的垃圾，對顏顏母子頻頻鞠躬道歉。

「媽！」顏顏嫌惡地拉著媽媽的袖子，表示不想進電梯；但媽媽認為，再不走就會遲到，恐怕會讓老師留下壞印象。於是對顏顏說：「走啦！走啦！忍一下就好了！」於是，兩人緊緊摀住

口鼻，進了電梯。

正值上學、上班時間，電梯幾乎每個樓層都停，只要門一開，就會看到等電梯的人不是趕緊摀住鼻子，就是皺起眉頭走開，沒人要進來；而年輕人也每到一層樓便直說對不起。

終於到一樓了，快要窒息的顏顏和媽媽快步走出電梯。也不知是有意還是無心，才走出電梯，媽媽便大聲地對顏顏說：「妳可要用功讀書啊！將來才不會像那個人那樣，年紀輕輕的，卻只能來大樓收垃圾……」

過完一個暑假，同學再次見面顯得格外熱情；除了聊聊暑假趣事外，話題還多了討論這學期的新老師。

「聽說他是這學期才調來的！」

「你們看到了嗎？昨天學校的網站上有老師的照片耶，好帥喔！」

「我爸認識他喔！我爸說新老師是一個很棒的年輕人，很孝順父母！」

聽同學七嘴八舌地談論著，顏顏好想快點看到新老師；她有把握，一定能讓老師喜歡她。

「老師來了、老師來了！就是他、就是他！」一陣喧譁聲中，只見一個高高瘦瘦、戴著眼鏡、長相斯文的年輕男子，正朝著教室走來。

「啊？媽！」顏顏驚慌地喊媽媽。站在門邊等候老師的媽媽把頭探了出去，剎時臉色慘綠。

老師微笑地走進教室；一見到顏顏媽媽時，顯得有些吃驚，但馬上很有禮貌地向她點頭致意。

簡單自我介紹後，老師對大家說：

「我媽媽是一個社區大樓的清潔人員，她每天一早就要去打掃社區環境，還要到各個樓層收垃圾。今天她身體不太舒服，因此我來上課之前，就先去幫她把垃圾收完。」停了一會兒，老師推了推眼鏡，繼續說：

「我到今天才知道，媽媽的工作有多麼辛苦！面對垃圾，所有人都露出嫌惡的表情，而且避之唯恐不及。但我媽媽卻每天和

垃圾在一起；正因為她把別人嫌惡的垃圾收集起來，才能有整潔的環境，別人也才能舒服地居住。」清了清喉嚨，老師稍微揚起嗓音說：

「等一下我們要分配打掃工作；在這之前，老師要先向你們說聲謝謝，因為你們是在為大家服務。而所有認真打掃的同學，老師一定給予特別的獎勵，因為這是一件了不起的工作啊！」

給小朋友的貼心話

小朋友，看到跟在垃圾車後面的清潔隊員，收拾著一包包大家丟過來的垃圾，你有什麼感想呢？

當輪到自己打掃環境的時候，一定希望垃圾愈少愈好；但是，當自己在製造垃圾的時候，有沒有想過垃圾減量呢？

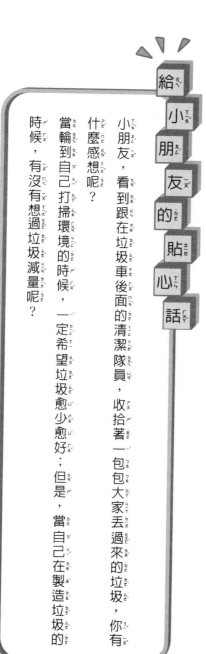

曉曉的守護神

——米琪

「媽，今天老師要我們玩『守護神』遊戲，我抽到的主人是小康耶！能當他的守護神，我覺得好幸運喔！」

曉曉很崇拜小康，因為他不但功課好、長得帥，而且是籃球校隊；能當上他的守護神，曉曉直呼：「這真是天上掉下來的禮物啊！」

從此，曉曉每件事都會想到小康，幾乎整個心思都放在他身上。

有一天放學回來，媽媽準備的點心是剛烤好的巧克力餅乾，曉曉立刻嘗了幾口；不是為了自己，而是看看能不能帶去給小康吃。隔天，小康一到校，就發現抽屜裡有一包裝得很可愛的紙袋；打開一看，裡面是香甜的巧克力餅乾，還有一張用電腦列印的字條，上面寫著：「聽說吃巧克力能讓人心情愉快，祝你有快樂的一整天，你的守護神上。」

晚餐時，電視的氣象預報說後天就要變天了，曉曉立刻放下

碗筷跑去打電腦：「後天下午有強烈冷氣團來襲，你千萬要注意保暖唷……」

這星期的數學小考後，全班普遍考得不太好，但小康考了九十七分，是全班唯一九十分以上的。放學前，小康發現鉛筆盒裡塞了一張紙條，字跡歪歪扭扭，像是刻意用左手寫出來似的：「你真是優秀，令人敬佩，要繼續用功喔！我會默默為你加油的！」

這學期的班際籃球賽進行到最後階段，曉曉他們班要和隔壁班爭奪冠軍，兩班勢均力敵，一直處在艱苦的拉鋸戰。最後，曉曉班的當家射手小康以一記三分球拿下冠軍，全場歡聲雷動。

回到教室，小康桌上不知何時擺了兩罐運動飲料，下面壓著一張紙條，仍是那歪歪扭扭的字：「哇！你真是帥呆了！謝謝你為我們奪得冠軍。和你同班，真是無比光榮啊！」

「守護神」遊戲就這麼玩了一學期；答案揭曉後，曉曉和小康也成為好朋友，而且是大家公認的班對呢！這個暑假，他們還是常玩在一起。

有一天，曉曉邀小康到家裡寫功課，也不知是否因為有小康在旁邊，曉曉寫得特別順；媽媽檢查時，還破天荒地發現數學全

寫對了。媽媽很開心地說：「曉曉真棒，寫得又快又好，要繼續加油喔！媽媽給妳愛的獎勵！」隨後就到廚房端出親手做的巧克力餅乾給他們吃。

小康吃著吃著，回味無窮地說：「曉曉真幸運，有媽媽能做出這麼好吃的巧克力，每天一定都很happy！」

功課寫完，曉曉和小康到樓下的游泳池游泳。小康雖然是籃球健將，但很怕水，一直學不會換氣；這下就輪到曉曉大展身手了。她充當起游泳教練，把當初學的那一套全派上用場：手如何滑、頭如何抬、何時吸氣、何時吐氣，很有耐心地陪著小康慢慢練習；一、兩個小時後，小康已經會換幾口氣了。

天色突然變暗，又颳起大風，媽媽以為快要下雨了，就來喚他們回家。

才上樓沒多久，果真下起大雨來。還來不及擦乾身體的曉曉和小康連連打了幾個噴嚏；媽媽見狀，趕緊煮了薑湯給他們暖暖

身，還拿了爸爸的外套讓小康套上。

小康的媽媽在他三歲時就去世了，因此，他特別渴望母親的愛。喝了一口薑湯，他感動地說：「曉曉，你真幸運，有這麼好的媽媽當妳的守護神……」聽出小康聲音中的哽咽，曉曉趕緊說：「我就是你的守護神啊！你若願意，媽媽也可以當你的守護神，對不對？媽！」曉曉趕緊拉著媽媽幫忙安慰。

還沒等媽媽開口，小康就搶著說：「說到守護神，我還真要謝謝妳；上學期對我這麼好，剛剛又教我練習換氣。我看，換我當妳的守護神好了！」

媽媽笑著說：「每個人活在世界上，都需要其他人的幫助；所以，我們都可以當彼此的守護神，互相關心和幫忙啊！」

「那我們不就都是這個世界的……」曉曉一開口，大家便很有默契地接話說：「守護神！」

給小朋友的貼心話

小朋友，想想看，誰是你的守護神？他為你做了些什麼？而你又是誰的守護神？你為他做了什麼呢？

軍人、醫生、警察……各行各業的人們，也都是保護著我們這個社會的「守護神」呢！

大頭螞蟻

——李秀美

有一隻小螞蟻，他的名字叫大頭，媽媽總是叫他「我的大頭螞蟻」。

大頭本來有許多家人，他們住在一棵雲杉樹的樹根之間，勤奮而快樂地生活著。有的螞蟻懂得哪些地方可以找到豐富的食物，有的螞蟻知道怎樣照顧還沒孵化的蛋，有的螞蟻能夠很快地造一個新窩，讓一群群剛來到世界的小螞蟻們有溫暖的地方住。

「我們的家像建在地下的城堡那麼大，又像迷宮那樣地好玩。」媽媽對大頭說：「要不是那斷了一隻爪子的食蟻獸，我們的家真的好熱鬧啊！」

那天，斷了一隻爪子的食蟻獸刨開雲杉樹的根，伸出長長的舌頭搗毀螞蟻城堡內的每一個窩。

被黏在舌頭上的螞蟻都進了食蟻獸的肚子裡，僥倖沒被黏住的也摔成重傷，躺在食蟻獸腳邊奄奄一息。媽媽揹著還是一顆蛋的大頭，拚命逃過食蟻獸的舌頭和大腳，躲到蘑菇的摺皺裡。

這個故事媽媽講了無數遍；她怕大頭忘記，總是一再提醒：「我的大頭螞蟻，要小心食蟻獸啊！」

但是，大頭並不怕食蟻獸；事實上，他有點期待看到食蟻獸長什麼樣子。

大頭最喜歡向媽媽撒嬌。散步的時候，他會趴在媽媽的背上，兩隻螞蟻疊在一起散步；找食物的時候，大頭也和媽媽疊在一起找食物。

有時候，他們會發現大大的餅乾屑，大頭就幫媽媽一起拉——拖——拉——拖；累了，媽媽會先讓大頭嘗幾口餅乾的味道。

這一天，大頭和媽媽正拖著一塊餅乾屑，忙得團團轉。

媽媽問大頭：「我的大頭螞蟻，你抬得動嗎？」

大頭驕傲地回應：「當然抬得動！媽媽，我力氣很大喔！你看……嘿咻！嘿咻！」

「哦喲喲！慢點、慢點！我們在轉圈圈了。」媽媽喘著氣

說。

大頭嘻嘻地笑，唱起了自己編的歌：

我的力氣大，大大的餅乾抬回家……

媽媽也跟著大頭一起唱：

餅乾抬回家，冷冷的冬天不用怕。

和媽媽一起抬餅乾，大頭好快樂，他也要和媽媽一起吃掉這塊餅乾。他們邊唱歌邊抬餅乾，就像在郊遊一般。

忽然，有一條長長的舌頭伸了過來……

媽媽大叫：「是食蟻獸！我的大頭螞蟻，趕快跑、跑啊！」

大頭丟下餅乾趕快逃跑，一邊跑、一邊回頭喊著：「媽媽！媽媽……」

他一直跑啊跑，好幾次都差點兒被食蟻獸的舌頭黏到。這時候，大頭看到一棵大蘑菇和一棵小蘑菇，他請求蘑菇說：「蘑菇、蘑菇，救救我！」

小蘑菇立刻說：「你趕快躲到我的傘下面。」

大頭躲在小蘑菇的傘下面，食蟻獸沒有找到他，就踩著腳離

開了。

可是，更可怕的事發生了——媽媽不見了。

大頭問大蘑菇說：「大蘑菇，你有看見我媽媽嗎？」

大蘑菇搖搖頭說：「大頭螞蟻，我沒有看見你媽媽，剛才只有你跑過來。」

媽媽失蹤了。大頭沿途找媽媽，他到處找啊找，心裡好著急，遇到任何生物就問：「你看見我媽媽往哪裡跑了嗎？」所有他遇到的生物都搖頭。

大頭害怕地想：「媽媽會不會受傷了？媽媽會不會在食蟻獸

的肚子裡？」他難過得抬不起頭來。

突然，大頭想到一件事：「對了，以前媽媽說過，不管她去哪裡，都會在地上留下特別的味道；只要找到媽媽的味道，就可以找到媽媽了。」

大頭很努力地仔細聞，終於在一條食蟻獸的爪痕還沒消失的路上聞到媽媽的味道。他沿著這條路一直走、一直找……

他來到一座花園，花園裡有各種顏色的花。大頭皺一皺鼻子說：「好香好香的花，媽媽的味道在花的香味裡面。」

大頭慢慢地、慢慢地爬到一朵花上，因為這朵花裡有媽媽的

味道。他趴在花瓣邊上往花朵裡面看，心裡納悶：「奇怪？媽媽怎麼沒有在這裡？」

一不小心，大頭跌進花裡，他大叫了一聲：「哎喲！」

他跌在一隻大螞蟻的背上，那隻大螞蟻說：「我的大頭螞蟻，媽媽真高興看到你。」是媽媽！大頭看到媽媽的腳有點兒流血，擔心地說：「媽媽，你的腳受傷了。」

媽媽靠在大頭身上，安心地說：「沒關係，只要好好休息，等媽媽的腳好了，我們又可以一起去散步。」

「媽媽，你真聰明，躲在花朵裡。」聽到大頭螞蟻的誇獎，媽媽笑了。

大頭螞蟻讓媽媽疊在他身上，一起吃著甜甜的花蜜。

給小朋友的貼心話

小朋友，不要小看自己的力量；就像大頭螞蟻可以讓媽媽倚靠，有必要時，你也可以成為父母或長輩們的好幫手喔！

小蝸牛殼破了

——李秀美

小蝸牛最喜歡玩，所有的遊戲他都會玩。他參加爬行族划草大賽得到冠軍，還和松鼠一起發明了槌毬果遊戲規則。

有一天，他看到小蚱蜢從一塊石頭跳到另一塊石頭，在玩一種他不知道的遊戲。

小蝸牛問小蚱蜢：「請問你在玩什麼遊戲啊？」

「我在跳遠哪！媽媽說，只要我勤快練習，就會成為蚱蜢族的明日之星。」小蚱蜢回答。

小蝸牛又問：「跳遠？跳遠怎麼玩啊？」

小蚱蜢張大嘴巴，驚訝地大聲說：「天啊！竟然有動物不會跳遠？媽媽

說得沒錯，我們蚱蜢是最偉大的動物，因為每一隻蚱蜢都很會跳遠。」

小蚱蜢說完，弓起身體，放鬆，用力一跳，一瞬間就跳到另一塊石頭上。小蝸牛不禁發出嘖嘖的讚嘆聲，他覺得跳遠真有趣，便請求小蚱蜢說：「小蚱蜢，我可以跟你一起玩跳遠嗎？」

小蚱蜢看看小蝸牛，然後說：「如果你的身體可以站起來，站得跟我一樣高，當然可以。」

小蝸牛用力把身體站起來，站得跟蚱蜢一樣高。

小蚱蜢吆喝一聲：「準備好了……跳！」立刻準確地落在水

池邊。

小蝸牛跟著喊：「準備好了……跳！」

「唉呀！」小蝸牛沒有往前跳，他直直地掉到石頭邊的草地上；糟糕的是，他的殼破了！小蝸牛動也不能動，兩隻觸角不停顫抖，哀哀呻吟著：「哎喲！好痛！我流血了……」

小蚱蜢跳回來，察看小蝸牛的傷勢，安慰他說：「小蝸牛，你的殼破了，可是你不要怕，你沒有流血。」

小蝸牛還是很傷心。「怎麼辦？風從破洞的地方一直吹著我的身體，我會生病的。」他著急得快要哭出來了。

小蚱蜢歪頭想了一想，說：「我可以幫忙，把你推到沒有風的地方。」

小蚱蜢使盡力氣推著蝸牛；這時候，卻下起雨來了。

「糟糕！下雨了，我要推快點兒。」小蚱蜢急急忙忙把小蝸牛推到大大的葉片下躲雨。

「小蚱蜢，謝謝你！」小蝸牛很感激地說。

小蚱蜢搖搖手回答：「不客氣。再見了，小蝸牛，我得走了，我的媽媽在等我呢！」

小蚱蜢正準備離開的時候，聽到小蝸牛哭的聲音。

「小蝸牛，你是不是剛才淋到雨，所以不舒服？」小蚱蜢關心地問。

小蝸牛抽抽鼻子，回答：「不是。」

小蚱蜢想了一想說：「小蝸牛，我不知道你為什麼哭？如果我留下來陪你一會兒，你可以不哭嗎？」

「小蚱蜢，謝謝你！」小蝸牛繼續哭。小蚱蜢看著小蝸牛哭，不知道要說什麼話；他靜靜地坐在旁邊，看著雨一直下，就和他的新朋友的眼淚一樣，不知道什麼時候才會停。

小蝸牛哭夠了，突然問小蚱蜢：「如果你下次看到我的時候，我的殼不見了，你還會認得我嗎？」

「嗯，我想想……」蚱蜢支著下巴努力想像，然後不太確定地說：「一隻沒有殼的蝸牛……還是蝸牛嗎？」

小蝸牛聽了，難過得又哭了。他擔心地說：「風一直吹，雨一直下，打在我的殼上，破洞會愈來愈大；如果我沒有殼，就不能當蝸牛了。」

小蚱蜢安慰他：「小蝸牛，你不要哭！你可以找痛痛神幫忙。」

「痛痛神？」小蝸牛暫停哭泣。

「對啊！我媽媽說，痛痛神只要知道有動物受傷了，就會幫他把傷治好。」小蚱蜢點點頭說。

「痛痛神住哪裡？」小蝸牛擦擦眼淚。

「他住在一個很舒服的地方。」小蚱蜢說完就離開了。

「我要去找那個舒服的地方。」小蝸牛急忙出發尋找痛痛神。

風停了，雨也停了，他一直走、一直走，都沒有休息，一心想趕快找到那個很舒服的地方，告訴痛痛神他受傷了。走了很久很久，他累得走不動了，好想睡個覺。

「呵……舒服的地方……舒服的地方在哪裡？」小蝸牛不知不覺睡著了。

這時候，出現了好多小精靈，他們爬到小蝸牛的殼上，開始忙碌地工作起來。有一個小精靈指揮著大家：「輕一點、輕一點！痛痛神說，不可以把小蝸牛吵醒，他正在舒服地睡覺。」

過了一會兒，小蝸牛醒來，看到他的殼上面的破洞有一層薄薄的膜，高興地喊了出來：「我的殼破洞不見了！太好了！痛痛神知道我受傷，他來幫我了。痛痛神，謝謝你！」

小蝸牛真的很累很累，他閉上眼睛又睡著了，睡得好舒服。

給小朋友的貼心話

小朋友，當你傷心難過時，有朋友在身邊陪伴與安慰，是不是就會比較不難過呢？要好好珍惜你身邊的好朋友喔！

會講故事的烏龜

——李秀美

在一個農場上住了許多動物，有貓、狗、牛和馬，還有偷偷躲在角落裡的老鼠。農場的小主人最喜歡和這些動物玩了；當然，除了老鼠以外。

有一天，農場裡來了一隻喜歡把脖子伸得長長的烏龜；小主人捧著烏龜，高興地跑回房間。「這是一隻會說故事的烏龜！」

小主人邊跑邊喊。他把烏龜放在桌子上，央求他：「小烏龜！請你趕快說個故事給我聽！」

烏龜把脖子伸得長長的，開始講故事；小主人聽得津津有味，開心極了。現在，小主人每天都要聽烏龜講故事，不再找其他動物玩。農場上的動物們很不高興，就聚在一起開會，討論該怎麼辦？

「烏龜搶了我們的東西。」貓一肚子氣地搶著說。

牛搖著他的大頭問：「我不懂耶！烏龜搶了我們什麼東西？」

貓不耐煩地提醒牛說：「就是小主人啊！那隻烏龜把小主人

搶走了。」

「對喔！最近小主人都不幫我趕蒼蠅了，我都要自己搖尾巴趕蒼蠅。」牛才說完，便開始搖起尾巴。

馬認為事情很嚴重，他說：「我們要想辦法，把小主人搶回來。」

「我們可以把烏龜藏起來啊！」狗想到了一個好辦法，他胸有成竹地宣布：「現在是秋天，大樹都開始掉葉子了；我們把烏龜騙到大樹下，讓落葉把烏龜藏起來。」

貓滿意地笑了：「太妙了！這樣小主人就找不到烏龜，也不知道事情是我們做的。」

烏龜被動物們騙到大樹下，大樹開始掉下好多好多葉子，一片片地掉在烏龜身上，不一會兒就看不到烏龜在哪裡了。動物們回到大樹下，歡呼著他們成功了。

這時，一陣大風吹過來，樹葉被吹得四處飄飛；

他們看到烏龜把腳縮進殼裡，舒舒服服地躺在樹葉堆上。

「他是不是死了？」貓輕聲地問。

「不，我聽到打酣的聲音；我想他沒有死，只是睡得很舒服。」馬回答。

狗又出了另一個主意說：「我們趁現在，趕快把烏龜丟到水裡面。」

牛搖著牠的大頭問：「我不懂耶！把烏龜丟到水裡做什麼？」

狗解釋說：「烏龜殼很重，丟到水裡就會沉下去，這樣小主人就找不到烏龜了。」

「好辦法！沒有人會知道我們把烏龜藏在水裡。」貓興奮地表示贊同。

動物們把烏龜抬到池塘邊，噗通一聲扔進水裡，然後全跑了。過了很久很久，他們迫不及待地回到池塘邊，竟然看到烏龜伸出頭和四肢，在池塘裡優哉游哉地游泳。

他們又失敗了；連最聰明的狗，也想不出其他好法子。

很快地，冬天來了，外面吹著凜冽的風，動物們全擠在穀倉裡取暖。「這麼冷的天氣，最適合睡覺了。」貓懶洋洋地打著呵欠。

馬走來走去，不停地說：「我已經睡太多了，真無聊，沒有事情可以做。」

「是啊！蒼蠅也躲起來了，我連搖尾巴趕蒼蠅都不必了。」

牛一連嘆了好幾口氣。

就在這個時候，突然響起一陣很急很急的敲門聲音：叩、叩、叩……

狗立刻跑到門邊，豎起耳朵問：「誰啊？」

「我是烏龜！請開門讓我進去好嗎？外面的風好大、好冷喔！」烏龜細小的聲音從門外傳來。

一聽到是烏龜，貓生氣地回應：「不開！你把我們的小主人搶走了，我們才不要讓你進來。去去去！去農場的另一邊找小主人。」

「我走得很慢，還沒走到農場另一邊的屋子裡，恐怕就凍死了。」烏龜在門外哀求著：「請讓我進去！我……我可以說故事給你們聽。」

牛搖著牠的大頭問：「我不懂耶！故事是什麼？」

「故事就是小主人最喜歡的東西。嗯，我倒想聽聽故事，這樣我們才會知道，小主人為什麼那麼喜歡這玩意兒？」馬對故事很好奇。

於是，動物們決定讓烏龜進穀倉。烏龜舒服地窩在稻草堆上，把脖子伸得長長的，開始講故事；講完一個故事，就繼續講另一個更精采的故事。

貓聽得眼睛發出光彩，他說：「我知道了，故事是比睡覺更好的東西。」

狗這次想到了一個更好的辦法，他宣布：「以後，我們請烏龜每天到穀倉幫我們講故事；這樣一來，小主人就會來和我們一起聽故事囉！」

第一個歡呼贊成的動物是烏龜。以前只有小主人一個人聽他說故事，現在有這麼多動物一起聽他說故事；故事這玩意兒，越多人聽越好聽呢！

給小朋友的貼心話

小朋友，你聽過「好東西要和好朋友分享」這句話嗎？懂得分享，故事會更好聽、東西會更好吃喔！

森林迷路王

——李秀美

有一個小女孩，她最喜歡會飛的東西。有一天，她在回家的路上，看見樹上停著一隻她從來沒有見過的小鳥。這隻小鳥身上的顏色就像彩虹般五彩繽紛。小女孩慢慢地靠近大樹，想要看清楚彩虹鳥；可是，敏銳的鳥兒一瞥見人的身影，馬上就振翅飛走了。

小女孩一路奔跑地追著小鳥；她看見小鳥飛過前面一排紅欄杆，也跟著鑽了進去。展現在眼前的，是一片深深淺淺、綠意無邊的樹海，不時閃著點點金色光芒；幾叢黃的、橘的、紫的野花，從樹邊的石頭旁探出身體來。

小女孩張望著四周，心想：彩虹鳥呢？到底停在哪個樹梢上了？她把頭抬得痠了，還是看不到任何鳥的蹤影。

漸漸地，金色光芒不再閃耀，小女孩踩在鋪了厚厚樹葉的小路上，想要趕快走出森林。四周好安靜，悉悉窣窣的腳步聲聽起來格外響亮，經過的每棵樹長得都一模一樣，不知道要走到什麼時候才能回到紅欄杆那兒？小女孩害怕地唱歌壯膽。

咦？在她身後也傳來了同樣旋律的歌聲。

「誰？是誰在唱歌？」小女孩對著四周大聲吆喝。

一片樹葉飄下來，落在小女孩的鼻頭上；她還來不及揉揉鼻子，就打了一個大噴嚏，所有的樹葉都飛了起來。這時候，傳來一陣歡呼聲。

「有……有人在嗎？」小女孩原地轉了一圈問。

「嘿！我在這裡。」一個小男孩從一棵大樹後面探出頭來；他的頭髮像榕樹的鬍鬚，似乎有一百年沒梳過。

小女孩怯怯地問：「你是誰？」

「我是迷路王。」小男孩邊說邊從大樹後面走出來。他的衣服是用各式各樣的樹葉織成的，袖子和褲管都太短了。

小女孩問：「你為什麼在這裡？」

迷路王回答：「我正在迷路啊！今天我要和雲玩捉迷藏，所以跑到這裡躲起來。」他指著天空說：「你看！樹把天空遮住了，我看不見雲，所以雲一定找不到我。」

小女孩問：「這很好玩嗎？你不怕迷路嗎？」

迷路王說：「你一定是第一次迷路。」

小女孩問：「你怎麼知道？」

迷路王說：「我第一次在森林裡迷路的時候，被一棵棵大樹團團圍住，他們伸出樹葉把天空都遮住了，我看不到家，心裡好著急。」

「那你怎麼辦呢？」小女孩問。

「我一直走，想找到熟悉的路回家。我看到一隻白兔和一隻黑兔在吵架，還有一隻青蛙躺在石頭上曬太陽。」迷路王說。

「你真的都看到了？」小女孩不相信。

迷路王說：「真的！後來我回到家，覺得好像是探險回來似的。」

小女孩問：「你的家在哪裡？」

迷路王解釋說：「我的家在看得見天空的地方。附近有一棵樹，彩虹鳥在樹幹上啄了一個星形的洞，當作它的家；只要看到有彩虹鳥家的大樹，我就知道路回家了。」

小女孩興奮地喊：「我剛才看到了那棵樹！」

迷路王說：「那我們一起來找路回家。」

小女孩跟著迷路王走，森林裡只有他們兩個人，還是好安靜。突然，她看到一隻飛鼠從一棵樹飛到另一棵樹；再往前走，又看到袋鼠媽媽帶著小袋鼠在散步。小女孩驚喜地說：「我從來沒有看過真的飛鼠和袋鼠。」

「他們都出現在你迷路的路上。」迷路王回答。

小女孩問：「你常看到飛鼠和袋鼠嗎？」

迷路王搖頭說：「沒有，我也是第一次看到，因為這條路不一樣。」

小女孩又問：「你知道很多路嗎？」

迷路王笑了。他回答：「我是迷路王啊！每次我迷路就開始找沒走過的路回家，每一條路上都有新奇的東西。」

「走過的路你都記得嗎？」小女孩問。

「不記得，可是我有辦法。」迷路王很得意。

小女孩追問：「什麼辦法？」

迷路王說：「把它們畫下來啊！」

這時候，彩虹鳥從他們頭頂上飛過。迷路王大叫：「彩虹鳥要回家了，我們快跟著彩虹鳥回家！」

他們追著彩虹鳥，開始在森林裡奔跑，快樂得好像要飛起來了。小女孩看到了一棵有星形樹洞的大樹。她大聲地喊：「我看到彩虹鳥的家了！」

可是，沒有任何人回答她。小女孩望向剛才跑來的路，迷路王不見了。

一卷紙條從小女孩的口袋裡掉出來，她撿起來一看，噗哧一笑說：「喔！這是森林迷路王畫的迷路圖。」

迷路王喜歡畫地圖，他知道每一條路。本來只有他知道；現在，小女孩也知道了。

給小朋友的貼心話

小朋友，你曾經迷路嗎？後來又是怎麼學會認路的呢？

當你學會認路，或學迷路王一般畫地圖，你就能夠認識你所居住的地方，並可以盡情發掘新奇的事物囉！

昕昕遇見了「小白」

——米琪

昕昕不知道自己做錯了什麼，上天為何要這樣懲罰他……

從小，昕昕就堅持只穿長袖，再熱的天也一樣。但是，當長長的袖子不聽使喚地晃啊晃時，他就會十分懊惱地問媽媽：「我到底做錯了什麼？」

「乖，昕昕好乖，昕昕沒有錯！」媽媽也總會心疼地摟著他，憐愛地說：「因為昕昕在媽媽肚子裡的時候生病了，所以手手才沒長出來……」

在昕昕還小的時候，媽媽的安慰還會加上一句：「醫生伯伯說昕昕的左手還會長出來！我們一起用心祈禱，也許不久就長出來了啊！」於是，每晚睡前，昕昕總會用右手摸著心臟，很虔誠地向上帝禱告；但也不免懷疑：「上帝真的會聽到嗎？」

上帝似乎是聽到了，因為昕昕的左手已長出了十幾二十公分，像條瘦長的地瓜。

但是，昕昕難以接受這隻手。

他痛苦地向上帝抗議：「你為什麼給我這隻不像手的手！」漸漸地，昕昕自認是「不被上帝寵愛」的小孩，於是愈來愈自卑，而且不願和同學玩；他覺得，面對這些有兩隻手可以自由自在動來動去的人，只會更難堪。最後，他甚至不肯去上學；媽媽只好辭去工作，專心陪伴休學在家的他。

媽媽覺得昕昕需要有個伴，提議買隻小狗陪伴他。這天，他們來到一家寵物店，店裡有白的、黃的、黑的、花的，大的、小的、迷你的，長毛的、短腿的、圓滾滾的、瘦條條的狗狗，種類多得不得了；再加上沒一刻安靜的叫聲，一時教昕昕感到頭暈目眩。定神好一會兒後，他發現這些狗狗的共同特徵，就是每一隻都活蹦亂跳，只要他一靠近，牠們的兩條前腿立刻舉得高高的，似乎在討好他。

然而，昕昕只是感到厭惡。

「小弟弟，這隻黃金獵犬怎樣？牠的體格相當好，骨架很粗壯喔，一生下來就超健康的！」店員殷勤地說：「你看看，牠要跟你握手耶！快！快跟牠握握手！」

「我不要！」昕昕大叫一聲，就往外頭衝出去了；媽媽也隨後追出，留下莫名其妙的店員。

寵物養不成，老是待在家裡也不是辦法，媽媽鼓勵昕昕一起開車出去兜風。「出去可以，但我不去人多的地方，否則我就不下車。」昕昕和媽媽談好條件。

這天，他們又在去過不知多少回的山間繞著。該開的櫻花沒開，杜鵑花叢被雨打得狼狽不堪，窗外一幕幕熟悉的景象正快速地向後退去，坐在車內似在發呆的昕昕感到前所未有的寂寞，沒過多久就嚷著要回家了。

突然，眼前閃過一個白色物體，昕昕看出是一隻受傷的狗，便立刻請媽媽快停車。

這是一隻前腳被車子輾過的狗，正奄奄一息地看著昕昕；昕昕和媽媽立即送牠就醫。

在昕昕的細心照料下，截斷一隻前腿的「小白」——這是昕昕給牠的名字——復原得相當好。嬌小可愛的牠，走起路來雖然一跛一跛的，倒像是在興奮地跑跳著，格外惹人憐愛。昕昕還發現，小白有著堅強的生命力和活潑的個性，不但很能跑，還很愛跟昕昕玩踢球；牠靈活地三腳並用，總踢得昕昕招架不住。此外，牠一點也不怕生，每天都吵著要昕昕帶牠出去溜溜，遇到別的狗兒，也總能玩得不亦樂乎。

就在跟小白遊戲的過程中，昕昕封閉的心，好像一點一點地打開了……

休學一年後，昕昕復學了。雖然他還是不肯穿短袖，在人群中也顯得害羞，但他不再拒絕上學，也交到一群熱愛踢足球的好朋友。

今天是昕昕和好朋友們固

定集訓的日子；再一個月，教練就要帶他們去校外參賽了。做完熱身開始練球之前，教練總會打氣地高呼口號；就是這句話，總能激勵昕昕，讓他感到全身熱血奔騰，充滿了爆發力。

拋出球，教練高呼：「去吧！用你們的雙腳，踢出勝利！」

給小朋友的貼心話

小朋友，你知道是什麼改變了昕昕嗎？

如果你是昕昕的朋友，你會如何幫助他走出他的傷痛呢？

波波不是故意的

——米琪

我叫波波，今年十三歲，國中二年級……嗯，如果有繼續念的話……

不是我不想念啦，我也不知要怎麼說……

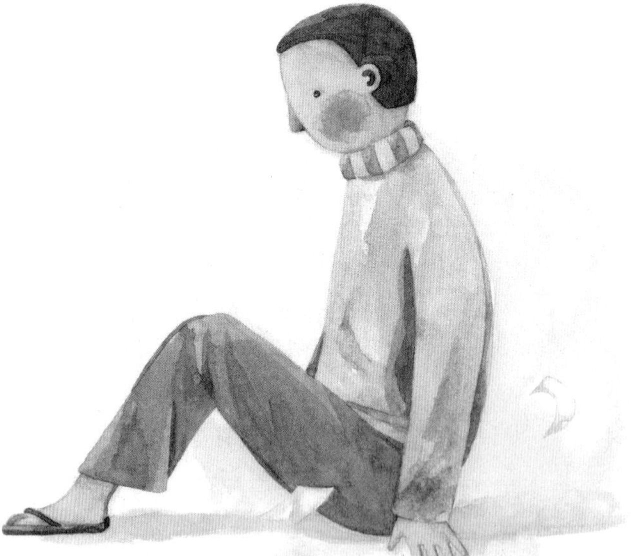

功課還好啦，大部分都有及格，除了數學……，嗯……反正爸說我也不是什麼讀書的料。

我的體育最好，我最擅長鉛球和鐵餅，因為我的力氣很大，可以一次扛三大袋的鈕釦喔！但桌球就不行了，我不管再怎麼小力，球還是「咻——」一下就飛出桌面了。

我和爸爸住的房子是租的。我們每天一起上班、一起下班。

爸爸都跟人家說他是裁縫師啦，雖然我覺得應該不算。他是在一家成衣工廠釘鈕釦；我讀完小學後，就到他們工廠打工。

媽媽跑了啦！很簡單，就跑了啦！爸說，他有一天喝醉醒

來，就發現媽跑了！

為什麼？我不是很清楚耶！我印象最深的是，有一次，我半夜被吵架聲吵醒，爬起來時，就看見喝得醉醺醺的爸轟了媽一巴掌；媽氣不過，拿菜刀要砍爸，卻被爸奪過刀來，又狠狠一腳將媽踹倒在地……

我嚇得尿都跑出來了，那也是我第一次尿褲子；應該是五、六歲的時候吧！

從那天起，我就沒再看過媽了。

不知道怎麼搞的，從那天以後，我就憋不住尿，尤其做惡夢的時候；還有，緊張的時候也會。早上起來後，我會自己把床單拿去洗。

爸知道啊！剛開始會罵我，罵我笨，後來就不罵了。他本來就很少管我，他不愛講話。

就是常被同學笑啊！我又不是故意的，我是憋不住啊！這也是我不想上學的原因之一。

爸並不喜歡他的工作。他覺得，一個大男人在釘鈕釦很遜，但也沒辦法，工作難找啊！他們班長是他當兵時的死黨，算是透過關係才有這個工作的，我也才能在那兒打工。喔，不是我們念

書的那個「班長」，是他們「領班」啦！

有一次，班長要我去拿兩袋鈕釦來，我馬上就去。誰知道，袋子破了個洞，我扛在肩上，一邊走，鈕釦就一直掉，結果被班長罵個臭頭，說我笨死了。

我哪知道啊！又不是我弄破的！當時我腦袋一片空白，突然覺得腿上有濕答答的東西往下滑。班長看到我的樣子，就指著我放聲大笑，還叫大家快來看。我爸跑了過來，其他人也都圍了過來，大家笑成一團，我爸就把我拉到外面，叫我滾回家去。

這是上個月的事。後來，我就沒有去上班了，爸爸也沒再跟我講過話。他可能很氣我吧？覺得我害他在許多同事面前丟人現眼！

最近的一次是，前幾天我睡到一半，被一聲「砰！」給吵醒，原來是關門聲。我起床看了一下，沒看到什麼，但有種不祥的預感；再看到爸爸房門開開的，他人不在，我就知道了。隔天起床，就發現我又尿了……

不好意思喔！把你們的沙發弄髒了，我真的不是故意的，我根本來不及憋住，它說尿就尿出來了！我也不知怎麼辦才好，你能告訴我該怎麼辦嗎？

* * *

一個寒流來襲的夜晚，波波睡在人家的車庫裡；主人開車回來時，以為小偷闖進家裡，累得睡著了，就報警處理。以上，就是波波針對警察的問話所作的回答，包括為什麼他總會忍不住尿褲子的原因……

給小朋友的貼心話

小朋友，你看過有人總會不自主地搖頭晃腦嗎？跟他說話時，他彷彿不甩你似的，讓你覺得不被尊重。還有人會一直喃喃自語，問他到底在說什麼，他會莫名其妙地回答：「沒有啊？我有嗎？」

有的人會有些令人感到奇怪的行為或動作，其實當事人也深受其擾，卻也莫可奈何；背後的原因可能很複雜。因此，讓我們多一點包容心、多一點關懷來對待他們吧！

雯雯的拿手菜

——米琪

今天的綜合課，老師要各組準備一道拿手好菜，並現場教大家如何烹煮。雯雯這一組人不約而同推她作代表，因為她經常宣稱她會煮好多拿手好菜。

各組的菜色果然很豐富，有炸蝦、咖哩雞、滷味，還有珍珠奶茶，全是同學愛吃的；唯有雯雯準備的菜，讓大家聞之色變，大失所望。

想不到，雯雯今天要表演的拿手菜竟是「涼拌苦瓜」。

「有沒有搞錯？誰要吃苦瓜啊！」

「就是說啊！光想到就令人痛苦！」

「完了完了，我們這組的食物肯定最不受歡迎！」

然而，雯雯充滿自信地上台，開口便說：「我知道很多人不喜歡吃苦瓜，我本來也是，因為討厭它的苦味。但我這道苦瓜可一點都不苦喔，而且非常清涼爽口，最適合這種快教人中暑的大熱天吃了！」

雯雯的開場白，還真勾起了大家的好奇。只見她熟練地將一顆洗得乾乾淨淨的苦瓜剖開，再對半共切成四塊，然後將裡面的一層白膜仔仔細細清除掉；「重點來了！只要把這層白膜清除乾淨，就不會有苦澀味了。」就像電視上的烹飪專家一般，雯雯一邊嫻熟地操作，一邊清楚地講解著。

「接下來，將苦瓜切成薄薄的一片，再泡進冰水裡，這樣吃起來就會脆脆的。」大家聽到這裡，感到一陣清涼；再望著苦瓜薄片浸泡在冰水中，顯得晶瑩剔透的模樣，令人超想嘗一口呢！

浸泡的過程中，雯雯為大家解說苦瓜的好處：「苦瓜含有豐

富的維生素B和鈣、磷、鐵等，還能促進食慾；《本草綱目》記載，苦瓜具有除邪熱、解勞煩、清心明目之功效。」雯雯顯然有備而來，此話一出，大家一陣嘩然。

賣弄了一下，雯雯覺得有些不好意思，她笑笑地繼續說：「苦瓜還含有豐富的維他命C喔！如果用涼拌沾醬的方式吃，不但營養比較不會流失，而且也比較不會有苦味。今天我們就是要沾沙拉醬來吃。」

「哇！看起來好好吃喔！」看著雯雯把冰鎮後的苦瓜薄片逐一撈起瀝乾，再淋上粉橘色的沙拉醬，大家眼睛為之一亮，真要教人流口水了！

「有沒有人要試吃啊？」雯雯夾起一片苦瓜，詢問台下三十幾位看起來很饑餓的同學。

「我！我！我！」

「我啦！我食慾不振，要多吃苦瓜！」

「我才要吃呢！苦瓜不是可以除什麼邪熱、解勞煩的嗎？我很邪、也很煩耶！」大夥兒哄堂大笑。

沒想到反應如此熱烈。最後，在老師主持公道下，一人一片，每個人都吃得津津有味，也對苦瓜從此刮目相看。

「其實，只要經過巧妙的調理，每種食材都能變成可口的料理。」老師向大家解說：「拿『牛蒡』來說，只要用刷子將表皮刷乾淨，再用加了少許醋的水多洗幾遍，就能去除澀味了。如果你不敢吃『青椒』，不妨試試用炸的，不但不會有怪味，還能增進維他命A的功效喔！」

給小朋友的貼心話

小朋友，你有沒有不敢吃的食物呢？胡蘿蔔？香菇？茄子？還是……

不妨和媽媽討論一下，或者上網查詢這些食材的調理祕訣，動動腦筋，也許你會發明出美味的新吃法唷！

讓媽媽看得到我

——緣生

逗哥和道格兩位狗兄弟，自從上次被老牛感動後，又繼續過著流浪生活。

五天後，牠們走到一個偏僻的鄉村。村裡沒有幾戶人家，不過卻有一所小學；只是，學生很少，全校總共才十五位學生而已；老師就更少了，只有一位，而且常常換人。現在的老師，是最近才自願來這個窮鄉僻壤作育英才的。

逗哥說：「這裡人少，也許我們可以逗留一段時間。」弟弟道格也很高興可以暫時安頓下來。

「咦！他怎麼每天遲到呢？」逗哥兄弟發現，有位小朋友每天都來不及上第一節課，讓牠們覺得很好奇。

「汪！汪！」每次看到他的時候，逗哥都會主動跟他打招呼；可是，他總是匆匆忙忙衝進教室。

後來，逗哥兄弟知道他名叫「阿平」。除了遲到以外，奇怪的是，他每天中午只吃一個飯糰。

有一天，老師去做家庭訪問，阿平的爸爸才知道兒子沒有按時去上課。

「可是，阿平每天都很早就出門，怎麼會遲到呢？」爸爸也不知道阿平遲到的原因，就很生氣地將阿平痛打一頓。

阿平仍然沒有說出遲到的真正原因。

「老師，我可不可以晚一點上學？不會晚太久的……」第二天，阿平主動請求老師允許他晚一點到校。

「到底為什麼呢？你爸爸說你早上六點半就出門，你卻八點半才到校——你走路到學校只要一小時呀？你快告訴老師，你到哪裡去了？」

阿平還是沒有說出真相。

「汪、汪……」逗哥兄弟跟在阿平後面，阿平對著牠們說：

「你們都不會瞭解，我決不能說。」

隔天一大早，趁著阿平還沒出門，老師就戴著一頂大帽子，到他上學的路上等待。當阿平走出家門後，就看他一直跑、一直跑，跑到一個湖邊，看看四下無人，立刻打開便當，把飯菜倒進湖裡，口裡還念念有詞，然後再去上學。

「阿平，放學後來找老師。」老師將阿平叫到辦公室，直接問他：「老師都看到了。你為什麼要跑到那麼遠的地方，寧願不準時上課？還把飯倒進湖裡，中午只吃一個飯糰？」「你有什麼理由呢？」老師像連珠炮似地拋出一堆謎團，想一一問個明白。

阿平連一句話也不肯說。

老師得不到回答，只好說：「既然你不說，我就告訴你爸媽。」

阿平一聽到老師要揭穿他的祕密，整個人先是愣住，然後開始發抖，哭著向老師求情：「老師，請不要跟我爸爸說好嗎？我爸爸知道了一定會很生氣，那我媽媽就糟了！」

「只要你向老師說清楚，老師就不會告訴你爸爸。」

「我、我……我爸爸每天都喝很多酒，然後就打我媽媽，媽媽常常被打得流血……」阿平講到這裡，忍不住哭了出來，好像很害怕。

老師摟著他說：「別怕，這裡只有我們兩個人。但是老師不懂，你把飯菜倒進湖裡，和媽媽被打有什麼關係？」

「有一天，媽媽說她要到湖裡躲起來，不能再照顧我了，叫我要聽爸爸的話；從那時候開始，我就沒有再見到媽媽了。媽媽一直躲在湖裡，沒有東西吃，我怕她肚子會餓；所以，我才會每天早上先去給媽媽送飯，再來上學。老師，您千萬別告訴我爸爸喔！不然一定會害我媽媽被我爸爸從湖裡拉出來打。」

老師聽得眼眶都紅了，緊緊摟著阿平，輕輕告訴他：「老師知道你是個孝順的孩子。但是，你想想看，人住在水裡，還能呼吸嗎？」

阿平想都沒想就說：「魚就可以。」

「可是，人不是魚，人一定要有空氣才能呼吸。那麼，媽媽住在湖裡可以呼吸嗎？」

阿平只是低著頭，沒有回答。

「阿平，你知道人沒有呼吸會怎樣嗎？」

「會死掉……」阿平眼裡含著的淚水滴了下來。

老師安慰阿平：「媽媽已經永遠不會再回來照顧你了，你要

聽媽媽的話，要更勇敢喔！」

阿平走出辦公室，逗哥兄弟就跑過來，搖著尾巴在阿平旁邊轉圈圈。阿平蹲下來，摸摸牠們，說：「小狗狗，如果人家都說你媽媽死了，你會難過嗎？大人只會一直說我媽媽已經死了，他們以為我什麼都不懂，一點都不瞭解我。不知道為什麼，我就是想送飯去給我媽媽吃；因為媽媽真的很可憐，只有看到我時，媽媽才會笑……」

給小朋友的貼心話

小朋友，阿平當然知道媽媽已經不在世上的事實啊！他只是想透過「送飯」，安慰去世的母親。

現在就要讓你的父母以及身邊的親朋好友，知道你對他們的愛喔！

沙灘小天使

——緣生

「蒂莉，聖誕節我們一起去普吉島渡假好嗎？」彭妮像聖誕老公公一樣，送給十歲的女兒一個大大的禮物。

「耶……耶！太好了！媽咪萬歲！可是，媽咪，普吉島在哪兒呀？」

「普吉島是泰國南部的觀光聖地，聽說那兒有許多奇形怪狀的島嶼和洞窟，還有許多水上活動，是一個美麗又好玩的地方。」

聖誕節前，她們就遠從英國飛到普吉島，直驅最狹長的麥考沙灘。

這裡的海水特別清澈，遠遠望去就像一塊碧綠的翠玉，沉入藍色透明的海水裡。潔白的海砂自然形成的白色海灘，像是一條沙毯，閃爍著耀眼光芒。

每到黃昏，落日照得海面霞光片片，碧藍色的海洋染成一片金黃，令人回味無窮。因此，普吉島又叫做「熱帶天堂」、「泰

南的珍珠」。

蒂莉和媽媽從住宿的飯店出來，走幾步就是海灘；潔白細軟的沙在椰樹下越發顯得清新細緻。濃蔭下、海水裡、沙丘中、躺椅上，四處都是慕名而來的異國遊客。

泰國是一個熱帶國家，氣候只有分成三季——熱季、雨季和涼季。

十二月的普吉島，平均氣溫高達攝氏二十五度，顯然比英國的夏季平均氣溫攝氏十五至二十度還高出許多。

「好熱的天氣呀！」媽媽彭妮熱得受不了，額頭滾落一滴滴的汗珠。

「媽咪，我們到海灘去玩水吧！」蒂莉也熱得直想泡在水裡涼快。

海灘上已經有很多遊客，有人盡情戲水，也有人悠閒地享受日光浴。

美麗的海灘，清涼的海水，讓人身心舒暢，蒂莉玩得不亦樂乎。

突然，她看到一個很奇怪的現象——海水開始產生很多很多泡泡，而且很快地退回海中。

媽媽說：「海水突然退潮了耶！好有趣喔！蒂莉快來，我們跟著海水走向海中看個究竟。」

「不可以！媽咪，海嘯快來了，我們必須立

刻離開這裡。」蒂莉語出驚人，阻止媽媽跟著許多遊客的腳步走向海中。

媽媽大笑：「Oh！my God！妳還會嚇唬媽媽呢！」

「我們趕快離開，越遠越好……」蒂莉拉著媽媽往飯店的方向拚命跑，看到人就說：「海嘯快來了，請趕快離開吧！」

很多人不相信，用懷疑的眼光重複地問：「妳說什麼？」

蒂莉不厭其煩地解釋：「可怕的海嘯就要發生了，如果再逗留，我們一定會全部被海嘯吃掉的……」

大家看她很焦急，又很真誠，不像開玩笑的樣子，便抱著姑

且相信的心情，跟著離開。疏散的人從一兩個，很快地變成一群人，一邊跑一邊喊著：「海嘯快來了、海嘯快來了……」

終於，所有人都離開了海灘，附近一家飯店也疏散了旅客。

人員才剛到安全的地方，大海嘯便真的來了！南亞的許多國家，都受到侵襲，幾十萬人失去生命；這個麥考海灘卻沒有人死於海嘯。

「好神奇的女孩呀！她有特異功能，可以預知將要發生的事耶！」幸運逃過一劫的遊客，都很感恩蒂莉救了他們一命。

蒂莉說：「沒什麼呀！這些海嘯將發生的現象，老師上課時都教過，認真聽就會知道了。我當時在海灘上先看到很多泡泡，沒多久就看到海水都退到海床中，這個現象和老師說的海嘯發生前的情形一樣；所以，我才會知道這裡將要發生海嘯。」

飯店經理很感激，他說：「蒂莉能活用她所學習到的知識，又能細心、用心地觀察，才能救了海灘上那麼多人的生命。」

給小朋友的貼心話

小朋友，「知識就是力量」，多留心課堂上或其他管道提供的常識與知識，或許會在你意想不到的地方發揮作用，甚至能救人性命喔！

轉變世界的小事

——緣生

「救命啊！快來救我……」空曠的農田，突然傳出陣陣呼救聲。

「咦？」正在田裡工作的農人弗萊明，立刻放下農具東張西望，然後拔腿就跑；他並不是被嚇得逃之夭夭，而是去尋找聲音的來源。

弗萊明跑到一處爛泥地，看見一個少年正在泥沼裡拚命掙扎；地底好像有一股巨大的力量吸住少年的腳，讓他寸步難移。弗萊明憑著在農田工作的經驗，很快地

把少年救出泥沼，然後帶他回家清洗汙泥，換上乾淨的衣服。

第二天，一列車隊來到農場，下來一位穿著很體面的紳士，向弗萊明鞠躬行禮。他說：「謝謝您救了我的兒子。」

「喔！您說的是昨天那個小孩嗎？」弗萊明想起昨天救出少年的那一幕，他向少年的父親說：「只是舉手之勞的小事，竟然麻煩您專程來到農場，讓我覺得很不好意思呢！」

弗萊明引領客人進入屋內，紳士很誠懇地詢問：「我可以為您做點什麼嗎？」

弗萊明雙手搖個不停。「不，這是我應該要做的；而且，這也是您的兒子給我的榮幸。不管如何，每個人聽到呼救聲，都有責任立刻去救人。」

紳士和弗萊明繼續交談了一會兒，弗萊明堅持不願接受報答；少年的父親雖然感到很遺憾，但是他並沒有勉強弗萊明。他深知，無論自己多麼有誠意，都必須尊重對方的選擇，不能自以為是，硬要弗萊明接受他的報答。所以，他再三致謝後，就準備告辭。

這時，一個少年正好從房裡出來。紳士問道：「這是您的兒子嗎？」

弗萊明只是點點頭。

紳士就問小弗萊明：「你正在讀書吧？」

小弗萊明回答：「是的。」

「你將來想做什麼？」

「我喜歡醫學，想當醫生。」

「那太好了！國家正需要培養醫學人才，你可以去倫敦聖瑪利亞學院就讀。」紳士聽了小弗萊明的志趣好像很高興，轉而對弗萊明說：「這件小事，就請您讓我來幫他吧！」

這次，弗萊明沒有再堅持，終於同意讓紳士幫助兒子去接受醫學教育。

小弗萊明從聖瑪利亞醫學院畢業後，開始行醫，同時從事細菌研究工作。他嘗試過許許多多的實驗，經歷一次又一次的失敗，最後發明了「青黴素」，也就是著名的「盤尼西林」。這項醫藥新發現，讓治療細菌感染的疾病，露出一道曙光。

青黴素發明幾年後，英國有一位國會議員邱吉爾因感染肺炎而病倒。當時，肺炎仍是一種很難醫治的疾病，邱吉爾的病情變得很不樂觀。

但是，邱吉爾很幸運，正好遇上青黴素剛剛開始用於治療病

人。醫生在用過傳統醫藥治療無效後，就為邱吉爾注射青黴素，病情竟然奇蹟似地好轉而痊癒。

恢復健康的邱吉爾，才能在第二次世界大戰正式爆發的隔年，成為英國首相，領導英國抵抗納粹的侵略。

英國民眾都承認，邱吉爾是他們心目中最偉大的首相。他，正是當年那位獲救的少年。

給小朋友的貼心話

小朋友，遇到有人需要幫助時，不管認識或不認識，你會慷慨伸出援手嗎？舉手之勞的「小事」，有可能影響了拯救國家的「大事」；小朋友，別忽視自己所做的「小事」喔！

新新偷錢？

——米琪

「老闆娘，我要買十個水餃。」新新怯生生地咕噥著，聲音小到像是自言自語，頭也只是微抬了一下便立刻低下去；緊挨著的是矮他一個頭的妹妹，兩人的手緊緊地牽著。

老闆娘熟練地丟了一把水餃進滾燙的鍋裡，沒多問，也沒多看一眼，彷彿早就知道他們要什麼。

不一會兒，新新拎著一小盒水餃和妹妹一道離開，店裡的人們便開始議論紛紛：

「外地來的吧？以前並沒見過他們啊！住在哪兒？」

「嘿！你們一定猜不到，他們住在公園！前幾天，我上大夜班回家，看見他們就睡在涼亭裡。還好這幾天天氣不錯，不然半夜可會冷死喔！」

「這麼可憐啊！大概是逃家吧？不然就是被父母遺棄！電視不是報過這種新聞嗎？我看，老闆娘妳就行行好，下次不要再跟他們收錢了，人家這麼可憐！」

「可憐？那誰來可憐我啊？他們差不多中午、晚上會來，每次都固定買十個水餃。」老闆娘不以為然地說：「我自己還有三個小孩要養呢，哪養得起他們？我又不是做慈善事業！」

「說得也是。他們有時早上也會來我的攤子前面，站著不走；後來，我乾脆拿兩個饅頭打發他們，否則他們全身髒兮兮地賴著不走，其他客人都不敢靠近了。」包子饅頭店的老闆附和說。

晚上，兄妹倆又來到小吃店前，老闆娘遠遠瞥見他們，就自動下了十個水餃。

兩天後的晚上，兄妹倆又來報到；「老闆娘，買十個水餃。」新新的聲音完全淹沒在嘈雜聲中。這會兒，店裡正坐滿了客人，外頭還有五、六個等著外帶；老闆娘的三個孩子更是忙進忙出，幫忙點菜、收拾碗盤、收錢找錢，每個人都忙著自顧自的，沒人理會被人群擠到一邊的兄妹倆。

幾支大電風扇呼呼地猛吹，但仍吹不散鍋爐噴出的熱氣，以及人們焦躁不安的情緒。

不知過了多久，新新鼓起勇氣地往前跨了一步，嘴巴張得大大的，但還是聽不見他說了什麼；老闆娘也完全沒理會，因為客

人還是很多。

又不知過了多久，妹妹似乎按捺不住了，頻頻用手推著新新；新新見人群少了些，再一次大聲地說：「老闆娘，我們等很久了！」

然而，這清晰的聲音似乎惹惱了她；「我客人這麼多，你沒看見啊！不想等就不要等啊！」老闆娘的臭臉看起來非常恐怖，把兄妹倆嚇得又退到最角落去了。

好不容易忙到一段落，老闆娘終於空出手來要整理錢。她數了數，赫然發現錢少了！她東翻西找並大呼小叫地嚷嚷：「錢呢？這裡的一千元呢？我剛剛忙得沒時間收好，就先壓在收銀機下面，你們誰拿走了？」

三個孩子都表示不知情。忽然，最小的孩子指著新新的妹妹說：「媽！妳看！她的手上好像是一千元！」一時間，大家的目光全部聚焦在妹妹身上；不，是她手上緊緊握著的錢。

老闆娘大步上前抓起妹妹的手，用力掰開，果然是一張千元大鈔。「好啊！你們這對沒人教養的壞小孩，竟然趁著人多大家不注意的時候偷錢！我看，抓你們去警察局關起來好了！」並作

勢要拉妹妹出去。

這突如其來的舉動，把妹妹驚嚇得放聲大哭，新新更是搶前護住妹妹，並大聲喊出：

「錢是我偷的！要關關我好了！」

「天啊！偷錢還

敢這麼大聲？我看，不送你們去坐牢，你們是不會怕的！」老闆娘這下更是氣急敗壞了。

「慢著慢著，有話好好說嘛！」一位先生趕忙從店裡走出來，擋住老闆娘：「我們得先把事情弄清楚，搞不好是冤枉他們了！」

「冤枉？這不是人贓俱獲嗎？」老闆娘先聲奪人地說。但這位先生似乎不理會，反而俯身輕拍新新的肩膀問：「小朋友，錢真的是你們偷的嗎？」

新新低頭不語。

「你看看！他不講話就是默認了，這還有什麼好說的？你別多管閒事！」老闆娘再度強拉著妹妹往外走。

「等等！我只是覺得，妳的錢壓在收銀機下，但這兩個孩子個子這麼小，又站在這麼遠的角落，怎麼可能拿得到呢？」先生提出他的看法，然後蹲下身，安慰哭得抽噎不已的妹妹說：「小妹妹，乖乖，別怕！妳是怎麼拿到這錢的？」

「我、我、我……」妹妹一把鼻涕、一把眼淚地，終於說出：「我剛剛撿到的……」

原來，等半天等不到水餃的妹妹，餓得直盯著老闆娘看她何時下水餃，因此清楚看見她將千元鈔票順手壓在收銀機下。但老闆娘沒壓好，鈔票一下子就被風吹走了，一直吹到角落邊，妹妹便撿起它；又因為人太多，根本沒辦法及時拿給老闆娘，就想等人群散去後再還，沒想到就被誤以為是偷了錢。

至於新新為何要說錢是他偷的呢？實在是因為他太心疼妹妹了。這幾天，妹妹跟著她四處流浪，已吃了不少苦頭；而且，買了這十顆水餃後，他們就完全沒錢了。他以為，妹妹撿到了錢沒還，是因為年紀太小不懂事，無論如何決不能讓妹妹被抓去關；情急之下，便挺身為妹妹頂罪。

真相大白後，老闆娘雖然覺得不好意思，但還是嘴硬地說：「幹嘛不說清楚，害我氣得都要高血壓了！」那位好心的先生則是笑笑說：「別氣別氣，妳還是趕快去煮水餃吧，我看這對兄妹就要餓壞了！來四十顆水餃，我請客！」

「先生，不用了，謝謝！」新新就拉著妹妹往外跑了。之後，他們沒再來買過水餃，也沒到包子饅頭店去；人們特地去公園的涼亭看，也沒有發現他們的蹤影……

給小朋友的貼心話

小朋友，你覺得老闆娘的態度如何？新新為妹妹頂罪的行為對不對呢？如果是你，在這種情形下，你會如何處理呢？

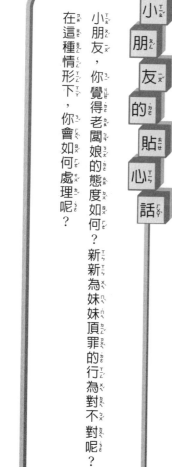

滿滿的禮物

——米琪

滿滿目不轉睛地盯著電視看，手上端著飯一動也不動，直到阿媽催他：「你怎麼不快吃？阿媽等著收碗盤呢！」滿滿才囫圇吞棗地將飯扒完。

做功課時，滿滿的心思還是離不開剛剛看的卡通節目；那是描述一位原本被人瞧不起的小孩，經過一場又一場的戰鬥後，累積了強大的能力，終於成為人人稱頌的格鬥王。

滿滿之所以深受這部卡通吸引，是因為他也是個被人瞧不起的孩子。

個子矮小、皮膚黝黑、頭髮總是又長又亂的模樣，為滿滿招來「山頂洞人」的封號。這還算是較文雅的說法，其實，同學們的意思是「野蠻人」——他們討厭說話大舌頭、身上臭臭、考試總是不及格的滿滿，就順著他名字的「滿」字，私下嘲諷他是野蠻人。

有時，滿滿也真會自認是個野蠻人；「不然，人家都有爸媽，我怎麼只有阿媽；人家都穿得乾乾淨淨，我的衣服都是別人不要的，又舊又醜，鞋底早就破了還在穿；別人都有好多朋友，卻沒人要和我玩，大家都討厭我……」心情不好時，滿滿就會這麼想。

但看過卡通後，滿滿有了新的想法：「我要像那主角一樣，把自己變強，讓別人不敢欺負我；最後，大家就都會尊敬我了。」

這樣的改變，在滿滿轉到新學校後開始。

在人生地不熟的環境裡，滿滿怕被欺負，便決定先發制人。

因他個頭瘦小，根本打不過別人，於是他決定採取動不動就罵人、損人的伎倆；沒幾天，大家便都覺得滿滿很惡劣，少惹為妙。

滿滿發現沒人敢欺負他，便天真地以為：「原來這招還滿有用的，可以增強自己的能力！」久而久之，他的行為愈來愈過分，經常把對方罵哭或罵得氣急敗壞，以享受這種莫名的成就感。

一個學期後，班上又轉來一位新同學，名叫曾或達。他並不多話，給人的感覺很忠厚老實，下課時間多半在教室後面看書。

有新同學來，滿滿自然要先來個下馬威，便每天找或達的麻煩——

「阿達，你都不說話，是不是因為你腦袋『阿達、阿達』的！」

「我也是轉學生耶！還不趕快下跪叫前輩！」

「或達是誰？哦！原來「或達」「便」是你！」

「看什麼看啊！」滿滿一把搶下或達正在看的書，惱火地說：「假用功！我看你不是「曾或」，你根本就是個「假貨」！」

滿滿會惱火的原因是，不管他再怎麼欺負或達，或達總是平

心靜氣地做自個兒的事，完全不為所動，滿滿的伎倆始終不能得逞，最後惱羞成怒的總是他自己。

老師也注意到或達的與眾不同。在一次適當的機會，老師請或達跟大家分享他的想法；或達提到他曾經在書上看到的一則故事，內容大致是：

有一次，佛陀到外面托缽，經過一戶人家，這家的主人竟然生氣地罵佛陀說：「你們就像乞丐一樣，到處要飯！」佛陀滿臉微笑，什麼也沒說；這個主人又繼續罵，但佛陀都沒有任何回應。後來主人罵累了，佛陀才問他說：「請問你還有沒有什麼要說的？」主人回答：「沒有，我都罵完了。」佛陀接著問：「如果你送人一個禮物，對方不接受的話，那個禮物會怎麼樣？」主人回答：「那我就收回啊！」佛陀便笑著說：「那麼，你剛剛送我的那些話，請你收回去吧！」

或達淡淡地說：「其實，不管滿滿怎麼說我、罵我，我就當作是不接受他的禮物；這些罵人的話，就全都還給他了啊！」

全班報以熱烈的掌聲，有人稱讚或達是英雄，也有人說要向或達學習。

滿滿這時才恍然大悟。原來，用言語罵人、損人，累積戰鬥力，成為人人稱頌的格鬥王，只是自己一廂情願的想法……

給小朋友的貼心話

小朋友，你們班上有人有明顯的偏差行為嗎？例如愛罵人、甚至愛打架鬧事？造成偏差行為的原因可能很複雜，可以請老師多關心，千萬不能以暴制暴唷！

你覺得或達處理的方法怎麼樣呢？如果是你，還有什麼好方法可以教我們呢？

斌斌和三腳椅

——米琪

斌斌的脾氣很暴躁。有多暴躁呢？他曾經因為弟弟玩壞他機器人的一根小指頭，就氣得把弟弟的機器人全砸爛；曾經因為小考成績太差而把考卷撕碎；曾經因為同學無心的取笑而狠狠揍了對方一頓……

這種暴躁的性格，著實讓斌斌吃了不少苦頭。他曾經被罰寫

「我下次不敢再犯了」一千遍，但愈寫愈氣；曾經被罰站整整兩節課，但邊站邊搥牆壁；曾經被爸爸抽得籐條都斷了，但邊挨打邊在心裡咒罵；也曾經練習靜坐來平息怒氣，但總是坐不住，還跑到外面大喊大叫……

斌斌不是不想改改這壞脾氣，但就是沒辦法；他總是說：「火山要爆發，你擋得住嗎？」但這脾氣來得快也去得快；發洩過後，斌斌總會為自己的情緒失控而懊悔不已。

有一天，爸爸在後院修理被斌斌砸斷一隻腳的椅子。這張椅子的命運是：它本來是一名觀眾，安靜地在一旁觀看斌斌和弟弟

大戰遙控車障礙賽。不知幾回合後，突然一聲慘叫，聲音大得蓋過了遙控車的引擎聲。原來，斌斌的坦克車連續撞上兩堆磚塊後，彈到半空中翻滾了好幾次，再一頭撞上安分地杵在三公尺外的椅子；結果，坦克車摔個「四輪朝天」——十個輪子只剩四個慘兮兮地空轉著……

這可把斌斌氣炸了！「這是我等了一年才等到的生日禮物，竟被這張椅子給撞個稀巴爛，氣死我了！」氣急敗壞的斌斌一把抓起椅子丟去撞牆，椅子的下場便是「三腳朝天」……

爸爸正在為椅子釘上脫離的腿。「我不能生氣！我若是生氣，就給了斌斌壞榜樣，我可不能生氣啊！」爸爸一邊釘，一邊在心裡默念著，按捺住自己的情緒。突然，爸爸靈機一動，胸有成竹地笑了。他把在一旁面壁思過的斌斌叫過來，和顏悅色地說：「我看，這張三腳椅就給你當作警惕吧！以後，當你每發一次脾氣，就釘一根釘子在椅子上；一個月後，看看你共釘了幾根釘子！」

不做紀錄還好，如今有這一根根「鐵證」，斌斌赫然發現，才短短半個多月，他已經釘了四十二根釘子；椅背、椅面、椅腳全布滿了鐵釘，看起來活像一隻氣炸了的刺蝟。

這個紀錄讓斌斌暗暗吃驚。於是，他開始每天小心翼翼地控制情緒；一個月後再結算時，共釘了五十一根釘子。他沮喪

地對爸爸說：「已經沒地方可釘了啦！而且，這椅子變得好危險，不小心就會被它刺傷！」爸爸趁機教育他說：「是啊！一個人被欺負久了，最後也會生氣反擊的！」接著又說：「那麼，以後你若是在快發脾氣之前，能成功地控制住，你就拔掉一根釘子吧！」

爸爸的建議顯然奏效，斌斌愈來愈少亂發脾氣了，釘子也一根一根地逐漸拔起；直到拔掉最後一根時，斌斌卻沒有任何歡喜。他再度沮喪地對爸爸說：「雖然我拔掉了所有釘子，但整張椅子都是一個洞一個洞的……」

爸爸摟著斌斌說：「好孩子，你應該知道了吧？傷害別人，就像將釘子釘在椅子上一樣，傷口不一定能完全復原。」然後，爸爸用頭碰碰斌斌的額頭說：「爸爸很高興你能因此明白了一些道理；下回要發脾氣時，就先想想這張椅子吧！」

給小朋友的貼心話

小朋友，你生氣時都怎麼發洩的？你看過自己生氣時的樣子嗎？你覺得自己生氣時的臉會好看嗎？

下次當你生氣的時候，不妨倒帶一下，用旁觀者的眼光看看怒氣沖天的自己，可能會有不同的想法唷！

我的玩偶不見了！

——賴志銘

「我的 TAMAMA 不見了啦！」小珍忽然大叫，害班上同學嚇了一跳。

今天早上第一節下課時，小珍開心又得意地從書包裡拿出一個小東西：「你們看！」原來，她是要秀她買到的最新「KERORO 軍曹」卡通系列扭蛋，裡面是一個超可愛的 TAMAMA 小玩偶喔！

「好可愛的說！」「借我看一下嘛！」「妳在哪裡買的啊？」

「我改天也要去買是也！」班上有不少同學是KERORO及扭蛋迷，平時都會交換動漫及扭蛋的資訊。十幾個人就這麼圍著小珍跟TAMAMA，露出羨慕的眼光，一邊討論起來。

「噹！噹！噹！噹！」上課鐘響，對新玩偶的討論也告一段落，每位同學意猶未盡地回到自己的座位上，小珍得意地將TAMAMA小心地收起來。

中午用餐時，小珍想將玩偶再拿出來欣賞一下；想不到，翻遍了書包，就是找不到小TAMA，便發出了絕望似的叫聲。

「真的不見了喔？妳放在哪裡啊？」「會不會忘在什麼地方了？」「妳再仔細找找看啦！」同學們紛紛提供建議。

「真的不見了啦！我明明放進書包裡的，怎麼會不見了？」著急的小珍又氣又惱地說。

「要不要報告老師？」「拜託！老師知道的話，反而會對小珍碎碎念吧？」除非有必要或是上課要用，小珍的班導師不太喜歡孩子們帶玩具到學校來，以免他們相互炫耀，進而養成不好的花錢習慣。

「那怎麼辦啦？」小珍難過地快掉下淚來了。

「沒辦法囉！妳只好再找找，我們也幫妳注意一下。」同學們說。

下午上課時，小珍根本無心聽課，一直在想著她的小玩偶。

「怎麼會無緣無故不見了呢？嗯……，一定是被人偷了！」

小珍偷偷看著班上的同學們，開始懷疑起來。

「會是誰偷的呢？」小珍猜想著：「對了！大雄第三節體育課下課時，蹲在我座位旁邊不知在幹什麼？我到廁所換衣服回來的時候他就走開了。嗯……，對！一定是他偷的！」

大雄也是班上的動漫迷；不過，他不太跟班上同學聊天，只

是偶爾會碰到他在漫畫店裡聚精會神地看漫畫，所以也沒什麼人會跟他一起玩。

開始懷疑大雄之後，小珍便一直注意著他：覺得他說話的態度畏畏縮縮的，就像是做了什麼壞事；他走路的

樣子也鬼鬼祟祟的，就像是偷了什麼東西似的。越觀察大雄，小珍越覺得他就是小偷；不過，因為沒有證據，小珍又不敢直接去問大雄，只能一直盯著他的背影。

「唉！好倒楣喔！」放學回到家裡，小珍還是唉聲嘆氣。放下書包，要拿出手提袋的運動服時，看到手提袋的暗袋裡有個鼓鼓的東西。小珍奇怪地拉開拉鍊一看：「我的小TAMA！」

原來，小珍原本將玩偶放在書包裡；讓大家看過之後，她擔心將玩偶弄丟了，便將玩偶放進手提袋的暗袋裡。想不到，她卻完全忘了這件事！

「真不好意思，原來是我弄錯了。還好我沒去找大雄吵架……」

第二天上學時，小珍身後忽然有人叫她：「小珍！等我一下！」原來是大雄慢慢跑過來了！

「小珍，聽說妳昨天將玩偶弄丟了？後來找到了嗎？」大雄有點喘地邊走邊說。

「找到了啦！真對不起！」小珍有點心虛地向大雄道歉。

「咦？向我道歉幹嘛？」大雄覺得小珍的話很奇怪。

「喔……沒什麼啦，我們快走吧！」小珍再仔細地看看大雄，一點都不像小偷了呢！

給小朋友的貼心話

小朋友，你有沒有懷疑過別人或被別人懷疑呢？明明自己沒有做某些事，卻被人懷疑，一定感覺很難過吧？輕易地猜疑，會對別人及自己造成傷害，要小心謹慎地判斷喔！

我的「野蠻」同學

——賴志銘

我記得在我國小四年級時，有位同學轉到我們班上，他叫做麥志明。

他剛到我們班上時，我們都覺得他好奇怪喔！上課時他常常東張西望，好像都沒聽老師在說什麼，有時還會離開座位走來走去；奇怪的是，老師都沒罵他，只是叫他回位子坐好。

「喂！老師怎麼都不處罰麥志明啊？」我和同學下課聊天時，還會猜老師為什麼對他這麼好？

他常做些危險的動作，像是從桌子跳下來、在走廊上很快地跑來跑去，粗魯又野蠻，不管旁邊有沒有人。更氣人的是，他對我們好像都不理不睬，卻會一個人不停地自言自語；有時候跟他打招呼，他反而很兇地瞪人。久而久之，同學們都不太想理他了。

有一天，老師下課離開前叫班長張家玲收作業，她便依照老師的吩咐，下課時間向大家收作業；輪到志明時，她對志明說：

「麥志明，我要收作業。」志明卻只是斜眼看了家玲一下，一句話都不說。

「麥志明！我要收作業啦！請你將作業交給我！」看到志明的態度，家玲有點生氣，聲音不禁提高、尖銳了一點。

「啪！」志明忽然用雙手重重地拍了一下桌子後站起來，巨大的響聲讓教室裡的同學都嚇了一跳，家玲更是嚇得後退好幾步：「你……你怎樣啦……」

志明不但皺起眉頭、大聲地對家玲說了幾句「兒童不宜」的髒話，還舉起了拳頭要打她！

看到這樣的情形，我和同學們只敢圍在一旁害怕地看著。就在家玲臉色蒼白地一直退後、不知如何是好的時候，老師剛好回來了。

「麥志明！」老師快步上前抱住了他，將他轉向自己；「來，看著我！放輕鬆……」老師又對著志明輕輕說了幾句話，便帶著他走出教室。

當老師回到教室時，已是上課時間，大家都在教室裡坐好了；麥志明卻沒跟著老師一起回來。

「老師！」向老師敬禮後，張家玲馬上舉手：「麥志明那麼

野蠻，老師為什麼都不處罰他？」「對嘛！」「好兇喔！我好害怕！」「老師要公平啦！」同學們馬上此起彼落地抗議。

等同學們講完、逐漸安靜下來後，老師才對大家說：「是我不對，沒有將麥志明的情況先告訴你們。其實，志明之所以會這樣，不是他故意的，而是因為他生病……」

經過老師的說明，我們才知道，原來，麥志明有「過動症」，所以他才沒辦法專心上課，而且很容易衝動，還會忍不住地做些危險的動作，常因此而受傷或害別人受傷。這種病需要按時吃藥，才能讓狀況好一點；那天就是因為他早上忘了帶藥，才

會一時「抓狂」。老師將志明帶出教室後，便請他的爸爸先帶回家休息了。

知道了志明生病之後，同學們都不再害怕他了；大家都開始關心他、注意他，免得他受到傷害。張家玲便會常提醒他吃藥的時間，甚至還會幫他倒水，讓他能順利吃藥。我和一些男同學，則會在他做出危險動作的時候提醒他，免得他受傷。

大概是老師的叮嚀、或是他感受到班上同學的善意了，志明跟同學們越來越親近，下課時也會玩在一起了；有時，甚至會因為跟我們玩得太瘋，而被老師處罰呢！

給小朋友的貼心話

小朋友，你身邊有沒有行為舉止跟平常人不太一樣、甚至不太禮貌的同學或親友呢？你怎麼看待他們？會不會試著去瞭解他們？

或許，他們只是生病了，需要大家的關心及幫助喔！

推著輪椅的小手

——賴志銘

「小婷，爸爸今天會晚一點回來耶！妳要不要跟媽媽一起去上課？」

小婷的媽媽每個星期三晚上都會到社區大學去上書法課。通常，是由爸爸陪著小學四年級的小婷在家；不過，因為爸爸今晚加班，媽媽不放心小婷一個人在家，便想帶小婷一起去上課。

「好啊！媽媽寫毛筆字，我就在一旁寫功課囉！」小婷乖巧地說。

「哇！好大的學校喔！」到了社區大學所在的大學裡，小婷好奇地東看西瞧，一切都顯得很新鮮。

「是啊！小婷好好用功的話，以後就可以上這所大學喔！」媽媽笑著說。

小婷跟著媽媽走進了一樓的教室；還沒有開始上課，學生也還沒有全到。媽媽先準備書法用具，小婷則坐在媽媽旁邊，拿出了今天的功課。

就在翻開作業簿的時候，小婷看見有位跟她媽媽年紀差不多的阿姨，坐在輪椅上被慢慢地推進教室；推著輪椅的，是一雙嬌小卻有力的手。

輪椅完全推進教室後，小婷才看到那雙手的主人；想不到，是個跟她差不多大的小女生呢！小婷發現，外面好像還有個人坐在輪椅上，旁邊站著個大男生。

「媽！他們是誰啊？是一家人嗎？」小婷好奇地問媽媽。

「嗯，他們是一家人喔！他們都在這邊上課。爸爸學畫畫、媽媽學書法，兩個小朋友學的是小提琴。」媽媽接著說：「那個

男生叫白小文，今年是國小六年級；妹妹叫小琪，念國小五年級。」

「他們的爸爸媽媽為什麼都坐輪椅啊？都是大哥哥、大姊姊推著他們來上課嗎？」小婷繼續問道。

「唉！白爸爸跟白媽媽從小就患了小兒麻痺症，所以一直坐在輪椅上。他們知道，因為他們行動不方便，沒辦法老是陪在孩子身邊照顧他們；所以，他們從小就教小文、小琪怎麼照顧自己。

「我聽白媽媽說，兩個小孩幼稚園時就會自己摺衣服；上國小後就開始幫忙洗碗、掃地、倒垃圾，家裡不煮飯時會幫忙買便當，出門就會幫爸媽推輪椅喔！即使生病，也敢自己去醫院看病呢！」媽媽對小婷說。

「哇！大哥哥、大姊姊好勇敢、好厲害喔……」聽完媽媽的話，小婷回想推著輪椅的那一雙嬌小的手，就覺得這對兄妹真了不起！

上完書法課，媽媽除了整理文房四寶外，還得將桌子擦乾淨。當媽媽拿出抹布時，收好自己作業的小婷便自告奮勇：

「媽！我幫妳擦桌子！」

「好啊！謝謝妳囉！」媽媽微笑地看著小婷走向洗手台的背影；平時，小婷可是會對爸媽撒嬌、要爸媽幫忙收拾東西的呢！

她知道，看到小文兄妹的小婷，長大了不少……

給小朋友的貼心話

小朋友，你在家會不會幫忙爸媽做些簡單的家事呢？能幫忙爸媽做家事，甚至能照顧自己、不用爸媽操心，也是一件很勇敢、很酷的事喔！試試看吧！

盼盼不想去上學

——米琪

「適逢週年慶熱季，各大百貨公司正使出渾身解數，推出各項好康的折扣和贈品，還有摸彩活動，頭獎是……」配合記者的 SNG 報導，畫面上出現的是擁擠的人群，每個人正忙著選購令人眼花撩亂的折扣產品。

一陣尖銳的嗓音響起：「幾折？幾折？頭獎是夏威夷來回機

票？太棒了！」媽媽拉著爸爸熱切地說：「你不是說明年暑假要帶我們出國玩嗎？我看就去夏威夷好了！你要不要陪我去把那機票拿回來啊？」

爸爸意興闌珊地說：「我沒空，這個週休二日又得加班啦！」

倒是盼盼興致高昂，她立刻拉高了嗓音說：「我有空！我有空！媽，我陪妳去拿機票好了。書上說，這幾天我有中獎的好運喔！」

星期日下午，盼盼和媽媽夾雜在比平時多了好幾倍的人群中。盼盼把架上的每一隻填充玩具都摸一摸、抱一抱，恨不得把它們全都帶回家。「媽！我要這隻熊寶寶！」「不行！你的熊寶寶已經太多了！」「妳看！這隻小白兔好可愛喔！」「上次妳不是才買一隻一樣的嗎？」「我決定了，就是這隻毛絨絨的狗狗！」「這個毛太長了，妳鼻子過敏，不行啦！」討價還價了半天，媽媽打發似地讓盼盼買了一隻貓咪娃娃，就衝到服飾專櫃血拼了。

這裡的人潮更多，時有推擠的情況發生。「盼盼，這條裙子好不好看？」「您的裙子已經夠多了！」「妳看，這是最新流行的款式耶！」「上次您不是才買一件一樣的嗎？」「我決定買這件大衣了！」「不行啦！電視上說不可以穿動物毛皮做的衣服啦！」

媽媽似乎只是隨口問問，最後她還是提了大包小包的戰利品，而且開心地說：「雖然沒抽中機票，但買到這麼多，還是很划算！」

只是，等待返家的公車時，媽媽的好心情就完全被破壞了。因逢假日，又是百貨公司週年慶，來往的公車班班客滿，盼盼

和媽媽足足等了四十分鐘，仍上不了車，也叫不到任何計程車，讓她們不僅站得腿麻，也提得手痠。

好不容易又來了一輛公車，儘管車上仍是人滿為患，媽媽決定無論如何都要擠上車。於是，她不斷扯開嗓門大叫：「裡面的人往後站一點好

嗎？後面空空的！」並奮力往前擠。踩上階梯了，媽媽再喊：「再往後擠一擠嘛，拜託！大家往後挪一挪，我們就可以上去了！」終於，媽媽和盼盼成為最後擠上公車的兩條沙丁魚。

到了下一站，只有兩個人下車，但有一大票人等著上車。媽媽被擠得快透不過氣來，於是又拉開嗓門大喊：「別擠了，車裡已經擠不下了！搭下一班啦！」又到下一站，同樣的情形再度上演，這次媽媽說得更誇張了：「不要再擠上來了！再擠，車都要翻了啦！」

好不容易回到家，竟發現阿媽一臉不悅地坐在沙發上。盼盼問：「阿媽，妳什麼時候來的？」阿媽生氣地說：「我來大半天了，家裡一個人也沒有，你們都跑哪兒去了？」盼盼說：「爸爸到公司加班，我和媽媽去……」媽媽趕緊搶話說：「哦！我帶盼盼去買點東西啦！我先把東西拿進去放喔！」說著就進房裡去了。

盼盼一坐下來，就打開電視看卡通；枯坐一旁的阿媽覺得無聊，便拿起電話和朋友聊天。「我那媳婦有夠懶的，不待在家裡，也不做家事，就愛到百貨公司血拼，實在有夠……」阿媽愈說愈氣；但沒多久，卻見她堆滿笑臉地說：「我那小女兒真的很好命，我女婿好疼她，三餐、家事都不要她做，還要她多出去走走看看，免得悶在家裡無聊呢！」

爸爸下班回來了，疲憊得忍不住發牢騷說：「我們部門的同仁太沒合作精神了！紛紛打電話來請假，又是生病、又是家裡有事的，結果只有我一人到公司趕報告，真氣人！」爸爸愈說愈氣，後來連老闆也罵進去：「真是沒人性！老把我們當機器用，平時加班也就罷了，連假日都不放過我們。我下次一定要找個理由推託，才不要這樣賣命呢！」

盼盼突然無厘頭地說：「爸！我今天也好累，我明天不想去

上學；就說我感冒好了，你幫我跟老師說好嗎？」爸爸立刻板起臉說：「那怎麼可以？該上學就要去上學，怎麼能隨便找藉口？」

聽到爸爸的

話，盼盼忍不住地大聲嚷嚷：「不管啦！你們大人都這樣，你們可以，別人就都不可以！」

給小朋友的貼心話

小朋友，你覺得，媽媽、阿媽跟爸爸，他們對待別人跟對待自己的做法有什麼不同呢？這樣的態度對不對呢？

立場不同時，對事情的看法和態度就變了，問題就出在是否「將心比心」。若能多站在對方的立場想一想，人際關係一定更和諧，也能避免自己或別人受委屈了。

天天喝礦泉水

——米琪

「媽，你不要老是買那種含糖飲料給天天喝啦！」爸爸說。

「天天不愛喝白開水，我有什麼辦法！」阿媽說。

「天天，不准你再喝這種飲料了，要喝就喝白開水！」爸爸命令地說。

「我不要！白開水沒味道，難喝死了，我才不要喝！」天天任性地頂嘴。

天天從來不喝白開水；口渴時，他只喝市面上販售的汽水、果汁、蜜茶等飲料；而且，只要有新品上市，也一定要阿媽買給他喝。這習慣已經持續好多年了，效果更是顯著——才一百五十公分的他，體重已經快突破八十大關了！

天天的媽媽去世多年，爸爸又一直忙於工作，每個月總有大半個月在國外；因此，天天可以說是阿媽帶大的。阿媽對這唯一的孫子自然是疼愛有加，而且是有求必應，天天不喝白開水而只喝含糖飲料便是一例。爸爸久久回家一次，常常發現天天又胖了；無奈屢勸不聽，又沒法嚴格要求阿媽，內心總是隱隱擔憂著。

爸爸這次回來，特別安排了較長的假期，打算讓天天有個不一樣的體驗。他問天天：「天天，爸爸這個星期六帶你去爬山好嗎？」爬山？大半時間都和阿媽在一起的天天，根本沒有爬山的機會；而很少陪他的爸爸竟然主動提議去爬山，天天真是喜出望外，直呼：「好耶！好耶！爸爸要帶我去爬山！」

這是個艷陽高照的好日子；出門前，天天還大聲對太陽公公說：「嗨！跟我們去爬山吧！」但是，才走了短短兩百公尺，汗流浹背的他已忍不住拜託老天：「你也休息一下吧！別再那樣熱力四射了啦！」

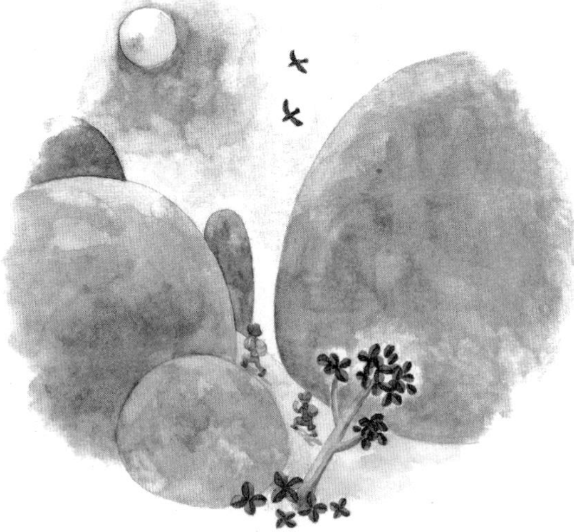

老實說，這兩百公尺還真是不輕鬆！一路全是蜿蜒的陡坡，大石板疊成的階梯寬窄不一，著實考驗著腳力。雖然沿路可見蔥鬱的遠山和參天的老樹，也可偶聞鳥啼和蟲鳴；不過，早已氣喘如牛的天天，根本無心欣賞這眼前美景。他不時哀呼著：「還有多久才會到啊？能不能休息一下？」

終於抵達一處平台，天天和爸爸就在可以鳥瞰山谷的涼亭裡歇腳。「爸！我好渴喔！」天天向爸爸伸出長長的手臂，握住一瓶飲料後，反射動作似地旋開瓶蓋，打算暢飲一番。「啊？這是什麼啊！」天天噴出一大口水，厭惡地說：「怎麼是礦泉水？難喝死了！爸，有沒有別的飲料？」「哦？不好意思，我只買了……」爸爸秀出了兩瓶僅有的礦泉水。天天大嘆一聲，開始不斷埋怨爸爸，並且拒絕喝礦泉水。

氣氛頓時尷尬了起來，山谷美景也變得不美了。休息了半個小時後，兩人再繼續接下來的路程。

這一路是平緩的斜坡，陽光從綠蔭間灑下，碎石路面上跳躍著婆娑掠影，讓人腳步不覺輕盈了起來。山路與山壁間有一條小溝渠，潺潺的流水透出陣陣涼意。天天忍不住用手滑了滑水，大呼：「好涼、好舒服喔！」爸爸也湊過來將毛巾打濕，然後幫天天和自己擦擦汗，兩人頓覺神清氣爽了不少。

爸爸跟天天說起，他小時候住在山上，家裡院子前有一口老井，據說井裡的水就是山泉水。「即使那時我們已經有自來水了，但大家還是喜歡喝井裡的水；因為那水不但含有豐富的礦物質，而且味道十分甘甜。那種滋味真是教人難忘啊！」爸爸喝了一大口礦泉水，彷彿暢飲著家鄉的泉水般陶醉。

不知不覺間，眼前就是山頂了；但這最後一段卻是最大的考驗，得一路拉著繩索，甚至是抓緊樹根、攀附石縫才能登頂。天天咬緊牙關，在爸爸的幫忙下，終於站上了最高點。他興奮地吶喊：「唷厂ㄡ——」

遼闊的視野令人心情豁然開朗，討厭的事物也變得可愛了。只見爸爸信手拿起礦泉水喝，天天竟也順手拿起一瓶，並碰了碰爸爸的礦泉水瓶，高呼：「慶祝登頂成功！乾杯！」然後大口大口地將水往嘴裡灌。

「哇！讚！」天天過癮地說。爸爸問：「你是指這水嗎？」

天天才赫然發現，原本討厭的礦泉水，怎麼變得這麼好喝？爸爸笑著拍拍他的肩膀說：「好小子，以後你一定會愛死這礦泉水，就像我永遠懷念故鄉的泉水一樣！」

給小朋友的貼心話

小朋友，你知道是什麼原因讓天天的礦泉水變好喝了呢？你有沒有類似的經驗——原本不喜歡某樣東西，但在一場特別的經歷後，就扭轉對那樣東西的看法或感覺了？

所謂「真味只是淡」，仔細體會，開水比含糖飲料更清涼解渴喔！

屏屏選禮物

——米琪

每逢大考，屏屏的心情總是又愛又怕；怕的是考試壓力，愛的則是辛苦的代價——若是成績有進步，媽媽就會以考試總分的兩倍，換成等價的禮物獎勵他和妹妹。

考前，屏屏希望時間過得慢一點，不要那麼快進入決戰時刻；考後，屏屏又希望時間加快腳步，恨不得能馬上拿到禮物。

這次月考後公布成績，屏屏每一科成績都有進步，考了三百七十八分。妹妹也一樣有進步，但是因為少考一科，總分是二百九十分。「應該能買到那個合體機器人吧？但願！」屏屏期待著。

走進玩具大賣場，琳瑯滿目、五彩繽紛的各式玩具，一個個以最佳姿態吸引走近的小朋友，彷彿爭相說著：「買我吧！當我的小主人好嗎？」至少，屏屏的心裡著實感受到這樣的招呼。

東逛逛西瞧瞧，屏屏終於找到心目中的那款機器人；仔細看看價錢：「六九九，還好！」屏屏鬆了口氣。但他隨即發現旁邊

有新推出的同款機器人第四代，可是要七百九十九元。他想了兩秒鐘，便跑去問媽媽：「我可不可以預借期末考獎金？因為我只差四十三元，就能買到那個機器人了！」媽媽拒絕後，屏屏便開始猶豫不決……

「如果買原先設定的機器人，那還剩下五十幾元，不用太可惜了……」屏屏不斷在心裡按著計算機：「第四代是有小型的，四九九，但是好小喔……

「如果第三代買大的，第四代買小的……嗯！錢不夠……

「不然全買小的好了……什麼？還差一、兩百元……

「怎麼辦？到底怎麼買才划算呢？

「好煩喔！要買什麼呢？不然，先看看別的再說！」

屏屏逛遍了整個賣場，始終拿不定主意，不知過了多久，妹妹拉著媽媽來找他了。「哥！你看，我要買這個

洋娃娃！」妹妹興奮地說，把心愛的洋娃娃緊緊抱在懷裡。

「那個多少錢？」屏屏問。

「四九九！」妹妹笑瞇瞇地回答。

「妳不是可以買五百多元的嗎？」

「沒關係！我就是要這個！」

「笨！那剩下的錢怎麼辦？」

「媽媽說可以累積到下次的考試獎金啊！」

「什麼？還要等到下次！我看妳剩下的錢就借我好了，那我就可以買最新的機器人了！」

「才不要呢！自己的錢要自己賺！不可以隨便向人借！」

遭妹妹拒絕後，屏屏還是沒能下決定。媽媽和妹妹跟著他又把賣場逛了兩遍，兩人累得兩腿發痠；於是，媽媽要求屏屏馬上決定，否則就回家。

不得已，屏屏還是回到原點，選了他原先想要的那款第三代機器人；只是，結賬時，單純的妹妹如獲至寶地笑得和花兒一樣燦爛，而始終三心兩意的屏屏，則是一臉沮喪，一句話也說不出來。

費了大半天工夫，屏屏看著手裡期待已久的機器人，卻又想

著新發現的新款機器人；此刻的心情不但沒有預期的快樂，反而多了幾分意外的失落感。

「唉！」他嘆息著。

給小朋友的貼心話

小朋友，你有過這種三心二意的經驗嗎？結果如何呢？

有時候，難以下決定的原因，是我們太貪心、捨不得放棄更好的；但在魚與熊掌不能兼得的情況下，往往讓原本可以獲得的滿足感，被得不到的失落感給淹沒。真是不划算啊！

麗麗的小寶貝

——米琪

「阿公是一座摩天輪！」這應該是麗麗最早對阿公的印象吧！嬌小的她，經常掛在阿公粗壯的臂膀上，或者被高高托起，阿公會不停地轉呀轉，逗得麗麗興奮地尖叫不已。

「阿公是一個大力士！」開始上小學的麗麗，最痛苦的就是要揹起重重的大書包。還好，每天接她上下學的阿公，總能一把將書包輕鬆地甩在肩上，然後牽著她的小手回家。阿公這個甩書包的動作，麗麗覺得酷斃了！

「阿公是個音樂家！」

音樂課學直笛，麗麗總因為手指不夠長或不夠靈活，不能蓋住該蓋的洞而老是吹不好；這時，阿公

就會耐心地幫她調整好手指和姿勢。更讓麗麗佩服的是，阿公竟也吹得一手好笛。阿公說，他吹的都是兒時的童謠，「聽著聽著就會了！」相較於自己的笨手笨腳，麗麗覺得阿公根本就是音樂天才！

「阿公是修理專家兼藝術家！」東西故障，找阿公準沒錯！麗麗的音樂盒不響了，拿去找阿公；沒兩下工夫，阿公就讓它再奏起美妙的樂音。塵封已久的竹風鈴，竹片已殘缺不全，絲線更是纏成一團；到了阿公手上，不但補齊竹片，還刻上了美麗的圖案，變得煥然一新，聲音似乎也更清脆悅耳了！

總之，在麗麗心目中，阿公是一位百分百英雄；只要有阿公在，一切都搞定！

兩年前，爸媽接麗麗到台北住；此後，只有在較長的假期或者阿公生日等特別的日子，麗麗才能回南部鄉下看阿公。上個月，阿公因為血壓過高而中風，爸媽趕緊接阿公來台北就醫並做復健。

又可以和阿公住在一起，麗麗高興極了，因為她已經半年沒和阿公見面了。她熱心地幫忙整理房間，還把自己和阿公的合照擺在床頭，歡迎阿公的到來。這是三年前麗麗生日時，阿公將她

抱在腿上、在院子前的合照。照片裡的阿公，短短的小平頭，幾乎看不到白髮；在陽光的照耀下，皮膚黑得發亮，兩顆眼睛笑得像兩尾擺動的魚兒。

對照眼前在家靜養的阿公，麗麗覺得阿公變了；除了兩鬢多了幾根清晰可見的白髮、膚色沒那麼黑亮、行動顯得有些困難之外，最大的不同是——

有一天麗麗放學回來，阿公就大驚小怪地不准她玩電腦了。阿公神情認真地說：「我看電視上說，最近電腦有流行病毒，會傳染，所以妳不要再打電腦了；萬一被病毒感染生了病，那怎麼得了？」原來，阿公把電腦病毒和讓人生病的病毒搞混了。

又有一天，媽媽正在做晚餐，阿公驚慌地跑到廚房要她別再煮冬粉了，說什麼吃粉絲會得癌症，弄得大家一頭霧水。後來看了電視才明白，是一位國際巨星來台灣作宣傳，並探望一位罹患癌症的粉絲，畫面上的字幕寫著：「粉絲罹癌！巨星探望。」

有一次颱風前夕，風雨並不強，但麗麗很盼望能撿到一個颱風假，阿公答應幫她守在電視前注意消息。晚上九點多，阿公興匆匆地告訴麗麗：「好消息！本島全不上班、上課。」麗麗樂極了，馬上不寫功課而玩了起來。聽阿公這麼說的媽媽覺得不對，

特別上網去求證；原來，應該是「本島全『部』上班、上課。」

類似的例子一再發生，麗麗的心情跟著複雜起來。她覺得，阿公還是和從前一樣愛她、關心她，事事以她為中心；但又覺得阿公變了——現在的阿公，已經沒有她心目中那種英雄般的風采，有時不但不能把事情搞定，還可能搞砸。

「阿公畢竟年紀大了，尤其在生過一場重病後，身心狀況都大不如前。現在，該是我們照顧阿公的時候了！」媽媽對麗麗說：「生命很奇妙，有時就像一個圓，走著走著，就走回原點了！所以，老人也會像小孩一樣，需要人家的照顧和疼愛；就像我們小時候，他們疼愛和照顧我們一樣。」

說到阿公的疼愛，麗麗可是感受最深了。她立刻堅定地說：「那麼，以後阿公就是我的小寶貝，由我來愛他、疼他！有我在，一切搞定！」

給小朋友的貼心話

小朋友，你記得阿公、阿媽最初在你記憶中的樣子嗎？他們為你做過些什麼呢？你的阿公、阿媽有沒有變老？但你肯定是長大了！長大了，就要開始學會照顧別人，尤其是照顧曾經照顧過你的人喔！

穿著彩虹的古奇狗

——林哲璋

一早，古奇狗就在客廳裡等主人起床。今天是古奇狗的生日。

「早安！」主人俯身拍拍古奇狗的頭說。

「就只有這樣？」古奇狗失望極了，牠覺得鼻子酸酸、眼睛濕濕的。

牠心想，雖然是生日，也不過跟平凡的日子一樣——根本沒有人把牠放在心上。

這時，主人突然從後面把古奇狗抱了起來，並且帶牠到平常不准進入的房間，大聲唱生日快樂歌給牠聽。

主人還送給古奇狗一件七彩的毛線衣當生日禮物。

古奇狗快樂極了，興高采烈地雀躍著。

主人說：「彩色的古奇狗可愛多了！」

古奇狗本來很高興，聽了這句話之後，卻覺得心情快樂不起來：「主人比較喜歡彩色的嗎？難道她是因為不喜歡黑白色的我，才送我彩虹衣的嗎？」

古奇狗想知道，只有黑白顏色的牠是不是比較不可愛；於是，趁著主人出門倒垃圾，門沒關好，偷偷溜了出去。

不曉得走了多久，古奇狗來到了一條河的堤岸邊。牠望著清晨的河面，河面映出美麗的倒影。

古奇狗奇怪著：水是透明的呀！它沒有彩虹的顏色，為什麼可以映出美麗的景象？

答案還沒想出來，古奇狗就發現了一個更大的問題——剛剛牠來的時候，忘了沿路作「記號」。

「完了！這是什麼地方？糟糕！我迷路了……」

「咦！那兒有隻狗同胞！」古奇狗發現了救星，很有禮貌地上前說：「狗兄弟您好！」

「您好呀！您怎麼會來到這流浪狗的遊戲場？」流浪狗第一次看到古奇狗。

「我迷路了！」古奇狗說。

「別擔心，看你穿的衣服就知道你是米粉頭小馨家的小狗；小馨是最喜歡幫狗狗做衣服的人了。來！我告訴你該往哪邊走……哈——哈啾！」

「您怎麼了？狗兄弟！」古奇狗見狗兄弟打了個噴嚏，關心地問。

「昨天下雨，我被淋濕了，天氣又愈來愈冷，所以感冒了！」

古奇狗覺得狗兄弟好可憐。牠想了想，覺得自己有個溫暖的家，而狗兄弟在這兒流浪，挨餓受凍很可憐；為了報答狗兄弟，牠決定把牠的生日禮物「彩虹衣」送給狗兄弟保暖。

狗兄弟雖然有點不好意思，可是天氣實在太冷了，所以只好接受了古奇狗的好意。

脫下了彩虹毛衣的古奇狗，臨走前忍不住問了狗兄弟：「狗兄弟，您知道為什麼透明小河可以映出美麗景色嗎？還有，您覺得我穿上彩虹衣比較好看，還是黑白色的我比較好看？」

「透明小河為什麼能映出美麗景色？我不知道耶！」穿上彩虹毛衣便不再發抖的狗兄弟，拉緊了彩虹衣，說：「但是，我覺得你不穿彩虹衣比較好看耶！」

古奇狗高興地往回家的路上走。雖然牠認為狗兄弟的眼光不一定和主人一樣，但是，能夠幫助狗兄弟不再受凍，古奇狗還是覺得心裡很快樂。

回到家，擔心的主人喜極而泣，連忙泡了碗牛奶給古奇狗，並仔細檢查牠的身體，擔心牠受傷。

原本，古奇狗還擔心主人會因為彩虹衣不見了而責備牠；想不到，主人不但沒罵牠，還一直抱著牠、親著牠。

不用問別人了，牠知道主人是愛牠的！

過了兩天，流浪狗遊戲場又出現了古奇狗的身影。

古奇狗來這兒（這次牠記得作記號了）是想找狗兄弟問：身

上這件主人重新織給牠的毛衣好不好看？

牠也想出了透明小河可以映出美麗景色的原因了——因為主人為古奇狗穿上新毛衣時，對牠說：「古奇狗，你真是天生的衣架子啊！黑白色樸素的你，穿什麼都好看！」

給小朋友的貼心話

小朋友，就像樸素的古奇狗穿什麼都好看，只要你將自己整理得乾乾淨淨，你也可以穿什麼都好看喔！

製造風的雞

——林哲璋

出外流浪的三個夥伴走出藍蝶翠谷，朝人類的村落行去。

叩頭蟲領著小金龜，小金龜揹著小瓢蟲，就這麼走在田埂間。

在這兒，他們要擔心的是麻雀；以稻穀為主食的麻雀會將他們視為額外的點心。

一直走到傍晚，他們決定找個茅草屋頂休息。晚上鳥兒都休息了，天空比較不危險；而茅草可以躲藏，不必輪流守夜。

他們由日落開始爬，一直到星星出現……

當他們終於站上屋頂，卻大吃了一驚。

「雞！有雞！雞吃蟲的！」叩頭蟲大喊。

小金龜及小瓢蟲也看到了，嚇得直發抖。

只見那隻雞緩緩轉過身來，俯看著三隻小蟲：「幹嘛大驚小怪，沒看過雞嗎？嗯，想一想也對，你們是該如此驚訝；畢竟，像我這麼高貴、有權力的雞並不多見。」

「你……你會不會吃我們？」毛毛蟲顫抖地問。

「我不食人間煙火！我只吃風和露。」

「您的意思是——您不會吃我們囉？」

「當然！」

三隻蟲都鬆了一口氣。

他們趕緊找了個地方休息，一個如果雞先生反悔也抓不到他們的小縫隙。小金龜將小瓢蟲放了下來，伸展一下六肢；叩頭蟲也做了些叩頭運動，舒活、舒活筋骨。

休息夠了，他們開始對這隻不吃蟲的雞產生了興趣。叩頭蟲

鼓起勇氣問道：「請問雞先生，這麼晚了，您在這兒做什麼？」

「我在製造風！」

「製造風？」三隻小蟲從未聽說風是被雞製造的。

「你們沒看出來嗎？」雞先生抖了抖身子，挺起了胸，說：

「我轉向哪裡，那個方向的風就必須吹過來。」

聽雞先生一說，小金龜才發現，雞先生的頭一直朝著風吹來

的方向。

「告訴你們，如果我不讓春天的東風吹，春天根本不會來。」鷄先生用神祕且深沉的口吻說：「如果我一直朝著北邊不變，你們的冬天就過不完囉！」

聽完鷄先生的話，小金龜和叩頭蟲嚇退了一大步，他們想不到鷄先生竟有如此大的權力。如果他讓冬天一直留著，世界不就永遠是冰冷的嗎？許多冬眠的蟲蟲就無法醒來，勤勞的螞蟻也將因為找不到食物而死亡；如果世界一直是冬天，那麼，大部分的花兒都不會綻放；沒有花蜜，連努力工作的蜜蜂都會挨餓。

「您是神嗎？」叩頭蟲已經開始叩頭。

「差不多了！」鷄先生昂起下巴說。

「您管風向，又影響季節，您可不可以讓一整年都是春天？這樣昆蟲們就有充裕的食物可以吃了。」小瓢蟲提出要求。

「不行！身為風的管制者，我有自己的原則，不可輕易打破。」

小瓢蟲很失望，便和同伴回縫隙裡休息了。

三隻小蟲躺下仰望著天空，天上沒有星星。

半夜，吹起一陣狂風，夾雜著一些雨滴；小蟲們用來遮蔽的

茅草都被風吹走了，他們連忙躲進煙囪的破洞裡。

他們回頭看見鷄先生一直在原地打轉，小金龜對他大喊：「鷄先生、鷄先生！您在幹什麼呀？您這樣一直轉、一直轉，風都亂吹了，您趕快叫他們停一停呀！」

鷄先生慌張地轉著圈，轉得眼冒金星，卻仍強自鎮定：「哦……，這……這是必要的失誤。你們別擔心，風的管理本來就偶爾會出錯的——我轉圈圈也是管理的一部分。」

小金龜聽不見鷄先生說些什麼。因為太危險了，叩頭蟲連忙將小金龜拉進煙囪裡，這時聽見一聲慘叫——

小金龜和叩頭蟲面面相覷，異口同聲說：「那……聽起來像……」

「鷄先生！」小瓢蟲接口。

三隻蟲遠遠地望見，鷄先生被他所管理的風簇擁著，飛走了！

給小朋友的貼心話

小朋友，你知道鷄先生的「真面目」是什麼嗎？鷄先生真的可以製造和控制風嗎？或者只是在吹牛？

過分誇大自己的能力，往往會帶給自己及他人困擾喔！

避雷針的嘆息

——林哲璋

摩天大樓最喜歡比身高了，他總是昂首向同伴炫耀：「哈！哈！老兄，該多吃些飯啦！你看，我比你高好幾個頭！」

摩天大樓的同伴當然很不高興，常在背後說摩天大樓的壞話，並且把他自大的事和臭屁的話傳了開來。

燈塔的耳朵由燕子的嘴裡聽見了摩天大樓的惡形惡狀，他十分不服氣：「城市裡的摩天大樓雖然高，然而，一旦過了幾條街，根本連看都看不到！哪比得上我，站在這兒一柱擎天，幾百公里外都瞧得見！」

於是，兩幢建築物開始不停地爭吵……

「我比宇宙還高，你算什麼！」摩天大樓大喊！

「無論你說什麼，我都比你高一點！」燈塔耍賴皮。

「我比你的高一點，還要再高一點！」摩天大樓喊得更大聲了。

「那我比你的高一點、高一點，還要再高一點……」燈塔不

肯服輸。

在他們的頭上有藍色的天空，天空裡飄著巨大的雲朵，雲朵間佇立了一座宮殿；宮殿裡的雷公和電母夫婦，正看著行程表，討論著今天的工作——

「老婆，昨天那個不愛惜自己生命的人，竟然雷雨天還在山上空曠處打手機，我們已經給他小小的教訓了。那今天的任務呢？」雷公深情款款地對著電母說。

「今天早上排的是『給自大的傢伙一點教訓』，下午是『給愛吵架的鬥雞好看』喔！老公！」電母撒嬌地回答。

檢查完行程表，他們手牽手，駕著烏雲，開始工作……

到了人間，隨便一問，大家都指著兩個方向，告訴雷公和電母，他們要找的對象就在那兒。

沒錯！就是摩天大樓和燈塔！

「這下子得來全不費工夫，想不到早上和下午的工作，一次就可以解決！」

雷公和電母將所乘的雲拉高，果然看見兩幢建築物正隔空對罵著。

兩位神仙默契十足地拿起雷公鎚和電母鏡。此時，雲下卻傳

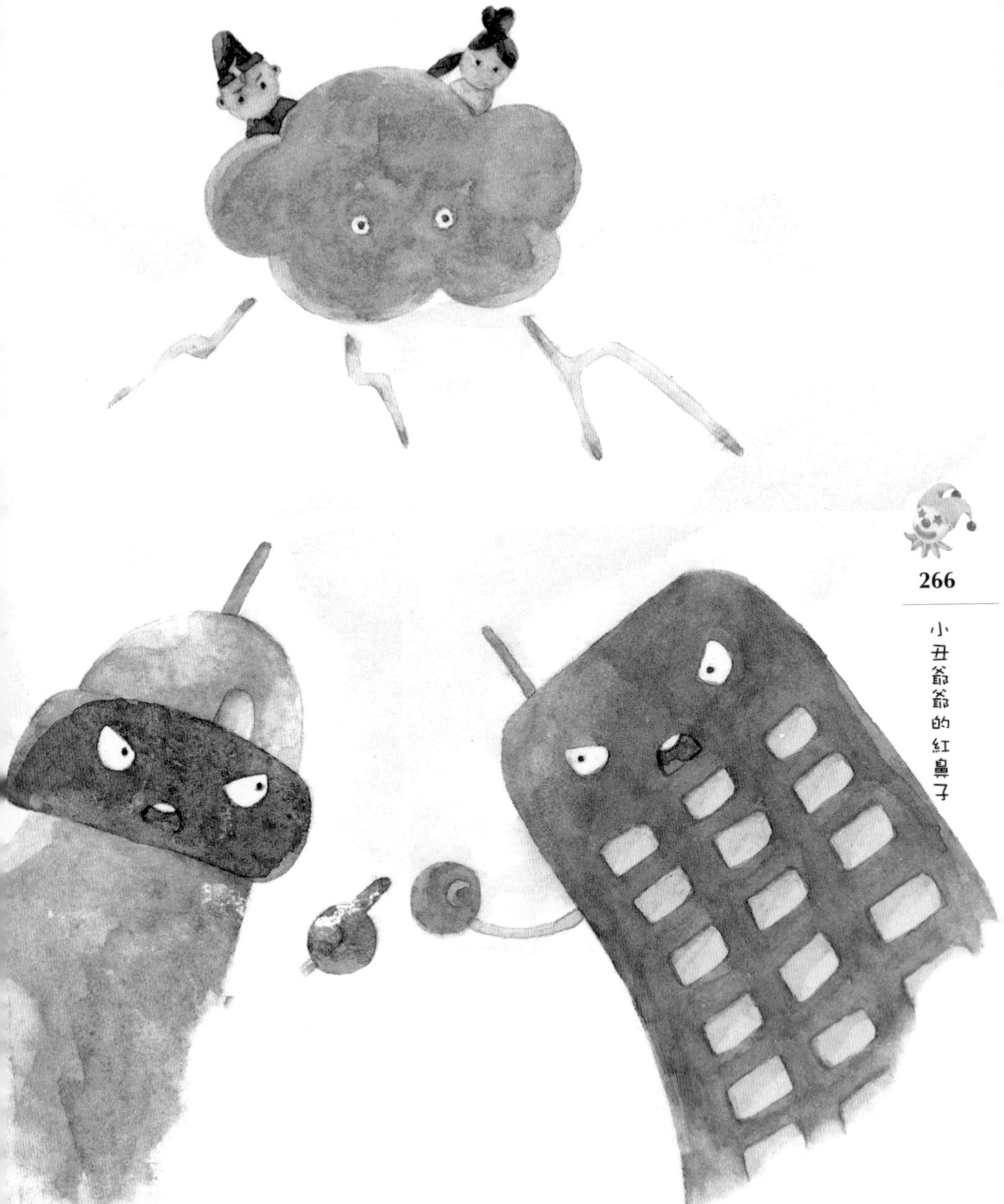

來微弱而顫抖的聲音：

「慢…… 慢點兒呀！雷公大仙、電母大仙，請再給他們一次機會吧！」

兩位仙人好奇地向下探看。

原來，不約而同出聲的是兩幢建築物上的兩支避雷針：「他們只是鬧著玩的，他們沒有惡意，只是任性不懂事……請原諒他們吧！」

雷公皺起眉頭：「你不必替他們說情！我最看不慣自以為是的自大狂，他們活該受點兒教訓！」

燈塔上的避雷針說：「雷公大仙，就算您不願原諒他們，您也該替地球上其他居民想想啊！如果燈塔被毀了，海上的船隻就會迷路呀！重建一座燈塔，也不是三天兩天的事！」

「是呀！是呀！您若摧毀摩天大樓，不曉得會壓死多少行人，壓扁多少車輛，而且連鄰近的建築物都會遭殃……」摩天大樓頂的避雷針說。

電母拉了拉雷公的衣袖，雷公想了想說：「好吧，我暫且放過他們；不過，若是下次我再來的時候，他們還是一直吵，我定要讓他們嘗嘗天打雷劈的刺激滋味。」

說完，雷公就和電母手牽手、駕著雲，尋找別的目標去了。
這一段插曲，兩幢吵得面紅耳赤的建築物，哪裡會知道。
避雷針再次勸他們：為了這片土地的祥和，也為了他們自己，何不握手言和呢？
可是，他們聽不進去；不但如此，還嘲笑避雷針——若不是倚靠他們的高度，根本不可能站在頂樓欣賞風景。
「唉！」燈塔避雷針嘆了口氣：「避雷針仰賴建築物才有高度，建築物仰賴土地才有高度；看看你們的腳，能離地面多高？」

摩天大樓避雷針緊接著搖了搖頭，無奈地說：「地面上的人們，把你們建得那麼高不可攀，你們還要爭吵不休，難道不怕孤柱擎天，引來天打雷劈嗎？」

給小朋友的貼心話

小朋友，你擔任過班上的幹部嗎？你是覺得很威風，還是應負起很大的責任呢？地位越高、權力越大的人，越需要謙虛地注意自己的舉止；因為，他們的言行會對許多人產生影響。你長大後更要記得這一點喔！

國家圖書館出版品預行編目資料

小丑爺爺的紅鼻子／曾美慧等作；林倩如／
插畫－初版.－臺北市：慈濟傳播文化志業
基金會.2006〔民95〕272面；15X21公分
ISBN 978-986-81287-8-1(平裝)
ISBN10：986-81287-8-1(平裝)
1.童話 2.親職教育
859.6 95013304

故事HOME 4

小丑爺爺的紅鼻子

創辦者	釋證嚴
發行者	王端正
作者	曾美慧、米琪、李秀美 緣生、賴志銘、林哲璋
插畫作者	林倩如
出版者	慈濟傳播人文志業基金會 11259台北市北投區立德路2號
客服專線	02-28989898
傳真專線	02-28989993
郵政劃撥	19924552 經典雜誌
責任編輯	賴志銘、高琦懿
美術設計	尚璟視覺設計有限公司
印製者	禹利電子分色有限公司
經銷商	聯合發行股份有限公司 台北縣新店市寶橋路235巷6弄6號2樓
電話	02-29178022
傳真	02-29156275
出版日	2006年7月初版1刷 2013年11月初版12刷
建議售價	200元